새엄마 찬양

이 도서의 국립중앙도서관 출판예정도서목록(CIP)은
서지정보유통지원시스템 홈페이지(http://seoji.nl.go.kr)와
국가자료공동목록시스템(http://www.nl.go.kr/kolisnet)에서 이용하실 수 있습니다.
(CIP제어번호: CIP2010001832)

새엄마 찬양

MARIO VARGAS LLOSA
마리오 바르가스 요사 장편소설 | 송병선 옮김

Elogio
de la
madrastra

문학동네

차례

루이스 G. 베를랑가에게

사랑과 존경을 담아

우리는 악을 왕의 망토처럼 차분하게 두르고 다녀야 한다.

사람들이 알지 못하고, 감지하지 못하는 체하는 후광처럼.

대기의 투명한 진흙 속에서도 흐려지지 않는 윤곽은 타락한 사람만이 지닐 수 있는 것이다.

아름다움은 형식에 관한 최고의 악이다.

세자르 모로, 『죽도록 사랑하기』

1장

⋮

루크레시아 부인의 생일

마흔번째 생일날, 루크레시아 부인은 어린아이가 손으로 쓴 편지 한 장이 베개 위에 놓여 있는 것을 보았다. 조심스럽게 쓰인 글자 하나하나에서 사랑이 듬뿍 느껴졌다.

생일 축하해요, 새엄마!

돈이 없어서 선물은 준비 못했지만, 열심히 공부해서 꼭 일등할게요. 그게 내 선물이 될 거예요. 새엄마는 이 세상에서 최고예요. 가장 예쁜 사람이고요. 나는 매일 밤 새엄마 꿈을 꿔요.

다시 한번 생일 축하해요!

알폰소

자정이 지난 시간이었다. 리고베르토 씨는 잠자리에 들기 전에 욕실에서 씻는 중이었다. 그것은 느리고도 복잡한 작업이었다(그는 음화 감상 다음으로 목욕을 즐겼고, 정신적 정화에는 그다지 관심을 보이지 않았다). 아이의 편지에 감동한 루크레시아 부인은 아이에게 고맙다는 말을 하고 싶은 충동을 억누를 수 없었다. 아이의 편지는 그녀를 정말로 가족으로 받아들인다는 의미였다. 그런데 아이가 깨어 있을까? 그게 무슨 상관이람! 만일 잠들어 있다면, 아이가 깨지 않도록 아주 조심스럽게 이마에 키스해줄 작정이었다.

그녀는 알폰소의 방으로 가려고 어둠에 잠긴 저택의 카펫 깔린 계단을 내려가면서 이렇게 생각했다. '내가 이겼어. 저 아이는 이제 날 사랑하고 있어.' 그러자 리마의 여름 햇볕에 신음하는 희미한 안개처럼, 아이에 대해 오래전부터 가지고 있던 두려움이 사라지기 시작했다. 그녀는 실내복을 걸치는 것도 잊어버렸다. 얇은 검은색 실크 나이트가운 속에는 아무것도 입고 있지 않았다. 여전히 풍만하고 탱탱한 몸매를 간직한 그녀의 하얀 육체는 거리의 반짝이는 불빛을 받아 여기저기 드리운 그림자 사이에서 둥둥 떠다니는 것처럼 보였다. 그녀는 머리를 길게 늘어뜨리고 있었다. 파티에 가느라 꼈던 눈물방울 모양의 귀걸이와 반지, 목걸이도 아직 빼지 않은 채였다.

아이의 방에는 불이 켜져 있었다. '아, 알폰소가 이렇게 늦게까지 책을 읽고 있구나!' 루크레시아 부인은 가볍게 문을 두드리고서 방 안으로 들어갔다. "알폰소!" 침대 옆 협탁 위에 놓인 조그만 스탠드에서 원뿔 모양의 노란 불빛이 흘러나오고 있었다. 그때 알렉상드르 뒤마의 책 뒤에서 놀란 아기 예수 같은 조그만 얼굴이 불쑥 나타났다. 고불거리는 금발은 헝클어져 있었고, 놀란 나머지 입은 반쯤 벌어져 희디흰 치아가 살짝 드러났다. 휘둥그레진 커다랗고 파란 눈이 어두운 문가에 서 있는 그녀의 모습을 분간해내려 애쓰고 있었다. 루크레시아 부인은 그대로 서서 다정스럽게 아이를 바라보았다. 너무나 사랑스럽고 예쁜 아이였다. 타고난 천사, 그녀의 남편이 사중 자물쇠로 단단히 잠가 숨겨놓은 우아하고 에로틱한 에칭 작품에 그려진 궁중 시동 같았다.

"새엄마예요?"

"참 멋진 편지를 썼더구나, 알폰소. 진짜, 지금까지 받았던 생일 선물 가운데 최고의 선물이야."

아이는 이불 속에 있다가 폴짝 뛰어올라 침대 위에 섰다. 그러고는 그녀에게 미소 지으면서 팔을 활짝 벌렸다. 루크레시아 부인 역시 미소를 지으며 아이에게 다가갔다. 그러다 아이의 눈을 보고 깜짝 놀랐다. 무언가를 예견했던 것일까? 의붓아들의 눈은 행복한 표정에서 당황한 표정으로 바뀌더니, 이제는 놀란 표정으로 그녀의 가슴을 뚫어지게 바라보고 있었다. '맙소사, 거의 벌거벗고 있잖아.' 그녀는 생각했다. '이 바보, 실내복 입는 것도 잊어버리다니! 이 불쌍한 아이에게 도대체 지금 어떤 모습을 보여주고 있는 거야?' 평소 주량보다 더 많이 마셨던 탓일까?

하지만 알폰소는 이미 그녀를 껴안고 있었다. "생일 축하해요, 새엄마!" 발랄하고 근심 없는 아이의 목소리에 밤은 다시금 상쾌해지는 듯했다. 루크레시아 부인은 작디작은 몸에서 연약한 뼈의 가냘픈 형체를 느꼈고, 아이가 조그만 새* 같다고 생각했다. 그 순간 아이를 꽉 껴안으면 갈대처럼 부러져버릴지도 모른다는 생각이 머리를 스쳤다. 아이가 침대에 서 있었기 때문에, 두 사람의 키는 같았다. 알폰소는 가느다란 팔로 그녀의 목을 감고서 뺨에 사랑스럽게 키스했다. 루크레시아 부인도 아이를 꼭 껴안았다. 그녀는 빨간 줄무늬가 그려진 아이의 짙은 감색 파자마 속으로 한 손을 살그머니 집어넣어 등을 어루만지며 손끝으로 울퉁불퉁한 척추뼈를 느꼈다. "많이많이 사랑해요, 새엄마." 아이가 작은 목소리로 그녀의 귀에 속삭였다. 루크레시아 부인은 아이의 조그만 입술이 귓불에 머물며, 입김으로 귓불을 데우

＊ 서양에서 일반적으로 남자의 음경을 상징한다.

16

고 키스하고 깨물며 장난치고 있다는 것을 깨달았다. 알폰소가 자기를 애무하면서 빙긋 웃고 있는 것 같았다. 그녀의 심장은 감격한 나머지 터질 것만 같았다. 이 의붓아들이 결혼생활의 최대 장애가 될 것이며, 그 아이 때문에 그녀가 리고베르토와 행복하게 지낼 수 없을 것이라고 예언했던 친구들의 말이 떠올랐다. 너무나 감격한 그녀는 아이의 뺨과 이마, 그리고 헝클어진 머리카락에 입을 맞추며 마치 머나먼 곳에서 온 사람처럼 멍한 표정을 지었다. 그러나 육체의 곳곳에, 특히 아이의 몸과 맞닿아 있는 부분─가슴과 배, 허벅지와 목과 어깨, 그리고 뺨─에 집중적으로 뭔가 색다른 느낌이 차오르고 있다는 것은 전혀 눈치채지 못했다. "정말로 나를 많이 사랑하니?" 그녀는 이렇게 물으면서 아이의 품에서 벗어나려 했다. 그러나 알폰소는 그녀를 놓아주지 않았다. 오히려 노래를 흥얼거리며 "새엄마를 아주 많이, 그 누구보다도 사랑해요" 하고 대답하면서 그녀의 목에 대롱대롱 매달렸다. 그러고는 조그만 손으로 그녀의 관자놀이를 꽉 잡고 그녀의 머리를 뒤로 젖혔다. 루크레시아 부인은 무언가가 자기 이마와 눈, 눈썹과 뺨과 턱을 콕콕 쪼아대는 것 같은 느낌을 받았다…… 얇은 입술이 그녀의 입술을 스치자, 혼란스러워진 그녀는 이를 악물었다. 폰치토*는 자기가 무슨 일을 하고 있는지 알고 있을까? 퉁명스럽게 그 아이를 밀쳐서 떼어놓아야 할까?

물론 그럴 수는 없었다. 두 번 혹은 세 번, 아이의 입술은 그녀의 얼굴 곳곳을 돌아다니다가 잠시 그녀의 입술에서 멈추고는 갈망하는 듯 그 입술을 짓눌렀다. 하지만 아이의 장난스러운 입술이 미친 듯이 파닥거렸다고 그것을 심술궂고 나쁜 마음이 배어 있는 행동이라고 여길 수는 없는 일이었다.

"자, 이제 자야지." 마침내 아이에게서 몸을 떼며 그녀가 말했다. 그러고는 자기가 느끼는 것보다 훨씬 더 자신감 있게 보이려고 무진 애를 썼다. "그러지 않으면 내일 학교에 지각할 거야, 사랑하는 내 아들."

아이는 고개를 끄덕이며 침대에 누웠다. 그러고는 빨개진 뺨으로 황홀한 표정을 지으며 그녀를 향해 웃어 보였다. '저런 아이에게 무슨 저의가 숨겨져 있다고! 저 조그맣고 깨끗한 얼굴, 기쁨에 넘치는 두 눈, 시트를 뒤집어쓴 채 웅크린 조그만 몸, 이것들이야말로 순수의 화신 아닌가! 루크레시아, 타락한 사람은 바로 너야!' 그녀는 아이에게 이불을 덮어주고 베개를 바로 놓아주었다. 그러고는 머리카락에 키스를 한 뒤 협탁의 스탠드 불을 껐다. 방에서 나오는 순간, 아이의 떨리는 목소리가 들려왔다.

---

* 알폰소는 본래 이름이고, 폰치토는 알폰소의 애칭이다. 원서에서는 이외에도 알폰시토, 폰초 등 여러 이름이 쓰였지만, 여기서는 독자의 혼란을 초래하지 않기 위해 알폰소와 폰치토라는 두 개의 이름만 사용한다.

"꼭 일등할게요. 그게 내 선물이에요, 새엄마!"

"약속하는 거지, 폰치토?"

"맹세해요!"

폰치토와 단둘이 은밀한 시간을 보내고 침실로 돌아오는 계단에서 루크레시아는 머리끝부터 발끝까지 타오르는 듯한 느낌을 받았다. 그녀는 당황해서 '이건 열이 아니야' 하고 생각했다. 아이의 무의식적인 애무가 그녀를 그런 상태로 몰아갈 수 있을까? 루크레시아, 너는 지금 타락한 여자가 되어가고 있어. 혹시 이것이 갱년기의 첫 증상은 아닐까? 확실히 그녀의 몸은 온통 열기로 뜨거웠고, 허벅지는 축축하게 젖어 있었다. 루크레시아, 정말 낯 뜨거운 일이야! 루크레시아, 정말 창피한 일이라구! 그때 갑자기 방탕한 어느 여자 친구에 대한 기억이 떠올랐다. 그 친구는 어느 날 적십자 기금 모집을 위한 다과 모임에서, 자신은 매일 오후 어린 의붓아들과 벌거벗은 채 낮잠을 자는데 그 아이가 손톱으로 자신의 등을 긁어주면 활활 타오르는 횃불처럼 몸이 뜨거워진다고 말했다. 그 말에 테이블에 앉아 있던 사람들은 얼굴을 붉히며 소리 죽여 킥킥댔다.

리고베르토 씨는 전갈처럼 보이는 무늬의 심홍색 침대 커버 위에 벌거벗은 채 드러누워 있었다. 불이 꺼져 있었지만, 방은 거리의 불빛을 받아 은은히 빛나고 있었다. 가슴과 샅에 털이 수북한 길고 허연 리고베르토의 몸은 미동조차 없었다. 루크레시아 부인은 실내화를 벗고 그의 옆에 누웠지만 그를 건드리지는 않았다. 남편은 이미 잠들어 있는 것일까?

"어디 갔다 오는 거야?" 그녀는 그가 중얼거리는 소리를 들었다. 걸걸하고 느릿느릿한 남자의 목소리로 미루어 보아 환상적인 꿈을 꾸다 깬 것 같았다. 그녀가 익히 잘 알고 있는 목소리였다. "왜 날 버리고 간 거야, 여보?"

"알폰소에게 키스해주러 갔어요. 당신은 못 믿겠지만, 오늘 알폰소가 나에게 생일 선물로 편지를 썼어요. 너무 사랑스럽고 다정해서 눈물이 날 뻔했어요."

그녀는 리고베르토 씨가 자기 말을 거의 듣지 않고 있다는 걸 알았다. 리고베르토 씨의 오른손이 자기 허벅지를 어루만지고 있음을 느꼈다. 손은 뜨거운 물에 담갔던 습포처럼 뜨거웠다. 그의 손가락이 그녀의 잠옷 주름 사이를 서투르게 더듬었다. 불안해진 그녀는 생각했다. '내가 흠뻑 젖어 있다는 걸 눈치챌 거야.' 하지만 그건 순간적인 기우에 불과했다. 계단에서 그녀를 놀라게 했던 격렬한 감정의 물결이 다시 그녀의 육체를 엄습하며 온몸에 소름이 돋았다. 마치 모든 모공이 열리면서 무언가를 열렬히 기다리고 있는 것만 같았다.

"폰치토가 당신이 나이트가운 입은 모습을 봤어?" 그는 흥분한 듯 큰 목소리로 말했다. "당신은 그 아이에게 못된 생각을 심어주었을지도 몰라. 아마 폰치토는 오늘 밤 처음으로 에로틱한 꿈을 꾸게 될 거야."

그가 흥분하여 웃는 소리를 듣고, 그녀 역시 웃으면서 말했다. "이 바보, 지금 무슨 말을 하는 거예요?" 그러면서 그녀는 그를 찰싹 때리는 시늉을 하며 자기 왼손을 리고베르토 씨의 배 위에 슬그머니 올려놓았다. 하지만 그녀가 건드린 것은 우뚝 솟아오른 채 고동치는 인간 막대기였다.

"이게 뭐예요? 이게 뭐죠?" 루크레시아 부인은 이렇게 소리 지르면서 그것을 붙잡고 끌어당겼다가 잠깐 놓더니 다시 붙잡았다. "내가 뭘 발견했는지 봐요. 정말 놀라워요."

리고베르토 씨는 기쁨에 차 그녀를 자기 위에 올려놓고는 그녀에게 키스했다. 그는 그녀의 입술을 빨면서 입술을 벌렸다. 혀 끝은 그녀의 입안을 탐험하고, 잇몸과 입천장을 미끄러지듯 스쳤으며, 입안의 모든 걸 맛보고 알려고 애썼다. 그러는 동안 루크레시아 부인은 너무나 행복해 눈을 감은 채 멍한 표정을 지었으며, 격렬한 두근거림에 흠뻑 취해 있었다. 손발에서 힘이 다 빠져나간 것 같았고, 몸이 둥둥 떠다니다 가라앉고, 계속 빙빙 도는 느낌이었다. 뒷면의 은박이 떨어지고 있는 거울에서 눈에 거슬리는 조그만 얼굴, 그 발그레한 뺨의 천사 얼굴이 이따금 모습을 보였다 사라지곤 했다. 그렇게 기분 좋은 소용돌이 속에서 그녀는 자기 자신과 미래의 인생을 발견했다. 남편은 잠옷을 들추더니 그녀의 엉덩이를 애무하고 가슴에 키스하면서 몸을 찬찬히 빙빙 움직였다. 루크레시아 부인은 그가 사랑한다고, 그녀와 함께하면서 진정한 삶이 시작되었다고 다정하게 속삭이는 소리를 들었다. 루크레시아 부인은 그의 목에 키스했고, 그가 신음 소리를 낼 때까지 젖꼭지를 깨물었다. 그런 다음 그가 그토록 자랑스러워하는 보금자리를 천천히 핥았다. 리고베르토 씨가 잠자리에 들기 전 그녀를 위해 정성을 다해 씻고 향수를 뿌린 부위, 바로 겨드랑이였다.

그녀는 그가 자기 몸 아래에서 꿈틀거리며 응석받이 고양이처럼 가르랑거리는 소리를 들었다. 그는 화라도 난 듯 다급하게 루크레시아 부인의 양 다리를 손으로 벌렸다. 그리고 그녀를 그의 몸 위 적절한 위치에 앉힌 다음 그녀의 몸을 열고 들어갔다. 그녀는 고통과 기쁨의 신음 소리를 냈다. 혼란스럽고 격렬한 감정의 회오리 속에서 그녀는 화살에 맞고 십자가에 못 박히고 말뚝에 꿰찔린 성 세바스티아노의 모습을 흘깃 보았다. 가슴 한가운데에 뿔이 박힌 것 같은 느낌이 들었다. 더이상 참을 수가 없었다. 그녀는 눈을 반쯤 감고 양손을 머리 뒤에 댄 채, 가슴을 앞으로 내밀고 그 사랑의 망아지를 몰았다. 리듬에 따라 자기 몸을 흔들어대면서, 그녀는 자기가 의식을 잃고 죽는다는 느낌을 받을 때까지 간신히 알아들을 수 있는 말을 몇 마디 중얼거렸다.

"내가 누구죠?" 그녀는 뜬금없이 물었다. "당신은 내가 누구였을 거라고 생각해요?"

"리디아의 왕비, 내 사랑." 꿈속을 헤매던 리고베르토 씨가 불쑥 말했다.

2장

⋮

리디아의 왕, 칸다울레스

〔1〕

나는 리디아의 왕 칸다울레스다. 리디아는 이오니아와 카리아 사이에 있는 조그만 나라로, 수 세기 후에 터키라고 불리게 될 영토의 심장부이다. 내 왕국에 있는 것 가운데 내가 가장 자랑스러워하는 것은 가뭄으로 갈라진 산도 아니고, 필요할 때마다 프리기아나 아이올리스의 침략자와 맞서 싸우고 아시아에서 온 도리스인과 싸워 그들을 내쫓거나 페니키아와 라케다이몬의 도적단과 우리의 국경 지대를 노략질하는 스키타이의 유목민을 격퇴하는 양치기도 아니다. 내가 가장 자랑스러워하는 것은 바로 내 아내 루크레시아의 궁둥이다.

　말하고 또 말한다. 볼기짝이나 엉치나 엉덩이나 둔부가 아니라, 궁둥이다. 그녀 위에 올라탈 때면, 부드럽고 탄력 있고 기운차고 순종적인 암말을 타고 있는 느낌이 몰려온다. 그 궁둥이는 단단했고, 왕국 전체에 퍼진 전설에서대로 아주 널찍해 내 신하들의 상상을 한껏 부풀리고 있었다. (나는 이 모든 전설을 전해 듣지만, 화가 치밀기보다는 오히려 기쁘고 즐겁다.) 궁둥이를 마음대로 살펴보기 위해 그녀에게 무릎을 꿇고 이마를 카펫에 대고 엎드리라고 지시하면, 그 소중하고 진귀한 물건은 가장 매혹적인 크기가 된다. 각각의 반구(半球)는 육체의 낙원이다. 그 것들은 거의 보이지 않는 미묘하고 섬세한 틈 하나로 나뉘어 있다. 그 틈은 양쪽 허벅지의 단단한 기둥 꼭대기에 얹혀 있는, 넋을 잃을 정도로 하얗고 검고 비단결 같은 숲 속으로 희미하게 사라진다. 이 두 개의 반구를 볼 때면 나는 우리 종교가 말살시킨 바빌로니아의 야만적인 종교가 떠오른다. 그것은 내 손끝에선 단단하고, 내 입술에선 보드랍다. 내 품에서는 거대하고, 차가운 밤에는 따뜻하며, 내 머리를 받치는 부드러운 베개가 되기도 하고, 사랑의 공습을 감행하는 시간에는 쾌락의 샘이 되기도 한다. 그 속으로 들어가는 게 쉬운 일이 아니다. 오히려 처음에는 고통스럽다고 말하는 편이 맞다. 사내의 공격에 저항하는 두 개의 붉은 살덩이가 심지어 영웅적으로 보이기도 한다. 그래서 확고한 의지와 깊은 곳으로 뛰어들 수 있는 끈기 있는 막대기가 필요하다. 내 것처럼 그 무엇에도, 그 누구 앞에서도 움츠러들지 않는 막대기 말이다.

다스킬로스의 아들이며 나의 개인 경호원이자 대신인 기게스에게, 나는 내가 전쟁터에서 세운 혁혁한 공적이나 정의 구현을 위한 공명정대함보다, 돛을 모두 올린 화려한 배 같은 침대에서 내 막대기로 루크레시아와 함께 성취한 위업이 더 자랑스럽다고 말했다. 그러자 그는 그 말을 농담이라 믿었는지 파안대소했다. 하지만 그건 농담이 아니었다. 나는 정말로 그것이 더 자랑스럽다. 리디아의 백성 가운데 나와 견줄 수 있는 사람은 그리 많지 않을 것이다. 어느 날 밤 나는 술에 취해 내 에티오피아 노예 가운데 가장 능력이 뛰어나다는 아틀라스를 내 침실로 불렀다. 나의 추측이 맞는지 확인해보기 위해서였다. 나는 루크레시아에게 그의 앞에서 허리를 굽히라고 말한 뒤, 그에게 그녀 위에 올라타라고 지시했다. 하지만 그는 그 일을 제대로 해낼 수 없었다. 내 앞이라서 겁을 집어먹었거나, 아니면 그게 그의 능력을 뛰어넘는 너무나도 힘든 시험이었기 때문일 것이다. 그는 몇 번이나 그녀를 향해 단호하게 앞으로 나아가 용을 쓰며 헐떡이다 결국 항복하고 후퇴했다. (이 일화를 떠올릴 때마다 루크레시아가 몹시 괴로워했기 때문에, 나는 아틀라스를 참수하도록 명령했다.)

내가 왕비를 사랑한다는 데에는 의심의 여지가 없다. 풍부한 광채를 발하는 궁둥이와는 달리, 아내의 다른 모든 부위는 부드

럽고 섬세하다. 그녀의 손과 발, 허리와 입이 그렇다. 그녀는 들
창코이며, 눈은 느른해 보인다. 그 눈은 평소에는 이상할 정도로
잔잔한 물 같다가도, 쾌락과 분노를 느낄 때는 마구 요동친다.
나는 사원의 고서를 깊이 공부하는 학자처럼 그녀를 연구했다.
그녀의 모든 것을 외우고 있다고 생각했지만, 매일, 그러니까 밤
이면 밤마다 그녀에게서 새롭고 감동적인 면을 발견했다. 부드
러운 어깨선이나 장난기가 배어 있는 팔꿈치의 뼈마디, 섬세한
살과 동그란 무릎, 푸르른 투명함을 자랑하는 겨드랑이의 조그
만 숲 같은 것들을.

　세상에는 자신의 정식 아내에게 쉽게 싫증 내는 사람들이 있
다. 그들은 판에 박힌 결혼생활은 욕망을 꺼뜨린다고 진지하게
주장한다. 도대체 어떤 환상이 몇 달, 몇 년 동안 한 여자와만 잠
자리를 하는 남자의 혈관을 부풀어 오르게 하고 활기를 주겠느
냐고 말이다. 글쎄, 내가 루크레시아와 결혼한 지는 꽤 오래되었
지만 나는 아직도 그녀와 함께하는 게 지겹지 않다. 그녀에게 싫
증을 느껴본 적이 없다. 코끼리나 호랑이 사냥을 갔을 때 혹은
전쟁터에 나가 있을 때 그녀를 떠올리기만 해도 내 심장은 신혼
때처럼 마구 두근거린다. 밤의 고독을 달래기 위해 야전 텐트에
서 노예 계집이나 군대 주변을 맴도는 매춘부를 애무할 때면, 내
손은 항상 쓰라린 실망만을 경험한다. 그 여자들이 가진 것은 단

지 엉덩이나 둔부, 혹은 볼기짝이나 엉치에 불과하다. 오직 그녀, 내가 그토록 사랑하는 그녀의 것만이 궁둥이라 할 수 있다. 이것이 바로 내가 마음으로는 그녀에게 충실한 이유다. 그리고 이것이 바로 내가 그녀를 사랑하는 이유다. 이것이 바로 내가 그녀의 귓가에 시를 읊고 단둘이 있을 때면 그녀 앞에 엎드려 발에 키스하는 이유다. 이것은 또한 내가 그녀의 보석함을 금은보화로 가득 채워주고, 한 번씩만 입는다 해도 다 입어보지 못할 정도로 많은 옷과 한 번씩만 신는다 해도 다 신어보지 못할 정도로 많은 신발과 한 번씩만 달아본다 해도 다 해보지 못할 정도로 수많은 장신구를 세상 곳곳에 주문하는 이유다. 바로 이것이 내가 그녀를 보살피고 그녀를 내 왕국의 가장 소중한 재산으로 숭배하는 이유다. 루크레시아가 없는 삶은 내게는 죽음이나 다름없다.

나의 개인 경호원이자 대신인 기게스에게 일어났던 일의 실상은 떠도는 헛소문과 거의 다르다. 내가 들은 이야기 중 진실에 가까운 것은 하나도 없다. 항상 그렇다. 공상과 진실의 본질은 같지만, 겉으로 드러나는 얼굴은 밤과 낮, 불과 물처럼 서로 반대된다. 그 어떤 내기나 뒷거래도 없었다. 모든 것은 나의 갑작스러운 충동이나 우연의 작용 혹은 어느 장난기 많은 하찮은 신이 떠올린 책략에 의해 아무런 준비 없이 즉흥적으로 일어난 것이었다.

우리는 왕궁 근처의 넓디넓은 연병장에서 지루하게 긴 사열식에 참가했다. 그곳에서 내게 공물을 바치러 온 속국 부족들이 잔인하고 야만적인 노래를 마구 불러대는 바람에 귀청은 떨어져 나갈 것 같았고, 그들의 기마병들이 묘기를 부린다고 먼지바람을 일으키는 바람에 눈을 제대로 뜰 수도 없었다. 또한 시체를 태운 재로 병을 치료하는 한 쌍의 주술사와 구두 굽을 바닥에 대고 빙글빙글 돌면서 기도하는 성인을 보았다. 성인의 모습은 특히 인상적이었다. 춤과 어우러진 신앙의 힘과 호흡 운동—숨소리는 마치 배 속 깊은 곳에서 나오는 듯 거칠었고 갈수록 커져갔다—에 이끌려 그는 일종의 인간 회오리가 되었다. 그리고 어느 순간 회전 속도가 매우 빨라지면서 우리 시야에서 사라졌다. 다시 모습을 드러내고 회전을 멈추었을 땐 마치 무거운 짐을 옮긴 말처럼 땀을 뻘뻘 흘렸고, 얼굴은 무지근하고 창백했으며, 눈은 하나 또는 수많은 신을 본 사람처럼 멍한 표정을 지었다.

나와 대신은 주술사와 성인에 관해 이야기하면서 그리스 포도주를 음미하고 있었다. 그때 착한 기게스가 취기 어린 눈을 장난스레 반짝이더니 갑자기 목소리를 낮추고 이렇게 속삭였다.

"제가 이번에 산 이집트 여자는 이 세상에서 가장 아름다운 엉덩이를 가지고 있사옵니다. 신이 지금까지 어느 여자에게도 선사하지 않았던 엉덩이입니다. 그녀의 얼굴은 볼품이 없사옵고, 가슴은 작은 데다 땀을 지나치게 많이 흘리옵니다. 하지만 둔부만은 그 모든 결점을 보완하고도 남을 정도로 풍부하고 관대하옵니다. 그 엉덩이를 떠올리기만 해도 현기증이 날 지경이옵니다, 폐하."

"내게 데려와 그 엉덩이를 보이도록 하라. 그러면 나도 다른 엉덩이를 보여주겠다. 서로 비교하여 누구 것이 더 훌륭한지 결정하도록 하자, 기게스."

나는 그가 몹시 당황하는 모습을 보았다. 그는 눈을 껌뻑거리며 입술을 벌리고 무언가를 말하려 했지만, 결국 아무 말도 하지 못했다. 내가 농담한다고 생각했을까? 혹시 내 말을 잘못 들은 건가 걱정했던 것일까? 나의 경호원이자 대신은 우리가 누구에 관해 말하고 있는지 너무나 잘 알고 있었다. 나는 아무 생각 없이 그렇게 제안했지만, 일단 제안하고 나니 짜증이라는 벌레가 내 머리를 좀먹으며 날 불안에 휩싸이게 했다.

"아무 말이 없구나, 기게스. 무슨 일이냐?"

"뭐라고 말씀드려야 할지 모르겠사옵니다, 폐하. 당혹스러울 뿐이옵니다."

"나도 익히 짐작하고 있느니라. 자, 어서 대답하도록 하라. 내 제안을 받아들이겠느냐?"

"폐하께서는 폐하의 소망이 곧 제 소망이라는 사실을 잘 알고 계시옵니다."

모든 것은 그렇게 시작되었다. 우리는 먼저 그의 처소로 갔다. 정원 끝에는 증기탕이 있었다. 그곳에서 우리는 땀을 빼며, 마사지하는 계집에게 우리의 물건에 활력을 불어넣도록 했다. 그러는 동안 나는 그 이집트 여자를 찬찬히 훑어보았다. 키가 훤칠하게 컸고, 얼굴은 상처로 망가져 있었다. 그녀의 부족 사람들이 피에 목마른 신들에게 사춘기 소녀를 바칠 때 내는 상처였다. 어린 소녀라고 볼 수는 없었다. 하지만 나는 그녀에게 눈길을 끄는 매력이 있다는 사실만은 인정한다. 까무잡잡한 피부는 마치 유약을 칠한 듯 수증기 속에서 반짝였고, 그녀의 모든 동작과 몸짓은 오만하기 그지없었다. 그녀에게서는 노예가 주인의 총애를 받기 위해 하나같이 내보이는 천박하고 경멸스러운 노예 근성을 전혀 찾아볼 수 없었다. 대신 그녀의 자태는 차갑고 우아했다. 그녀는 우리나라 말을 몰랐지만, 주인이 몸짓으로 전달하는 지시 내용을 바로 알아챘다. 기게스가 우리가 보고자 하는 것이 무엇인지 가리키자, 그 여자는 경멸적이면서도 우아한 눈길로 잠시 우리 두 사람을 휘감더니 뒤로 돌아 엎드렸다. 그러고는 두 손으로 자신의 튜닉*을 들어올려 둔부를 보여주었다. 정말로 훌륭했다. 왕비 루크레시아의 남편이 아니었다면, 나 역시 그녀를 진정한 기적이라고 여겼을 것이었다. 탱탱하고 둥그렸으며 우아한 곡선미를 자랑하는 둔부였다. 솜털도 없이 반들반들하고 고운 피부에는 파란 윤기가 감돌았다. 마치 바다를 바라보듯 우리의 시선이 피부 위로 미끄러졌다. 나는 그 여자 노예에게 훌륭하다며 극찬했고, 나의 경호원이자 대신에게도 그토록 달콤한 즐거움을 소유한 것에 축하를 아끼지 않았다.

내 몫을 이행하기 위해서는 최대한 신중하게 행동해야 했다. 이미 이야기했다시피, 노예 아틀라스와의 일화는 내 아내에게 너무나도 큰 충격을 안겨주었다. 루크레시아는 나의 모든 변덕을 만족시켜주기 위해 마지못해 내 지시에 따랐다. 하지만 나의 공상을 실행에 옮기기 위해 그녀가 아틀라스와 헛되이 최선을 다하는 동안 나는 루크레시아가 너무나 수치스러워하는 것을 보았고, 그래서 그녀에게 다시는 그런 시험을 강요하지 않겠다고 스스로 굳게 다짐했다. 그러나 그 일이 있었던 날부터 많은 시간이 흘렀음에도, 이제 아틀라스는 그의 시체가 내던져진 곳, 그러니까 매와 독수리 들로 가득한 그 악취 풍기는 계곡에 반지르르한 뼈로만 남아 있을 것이 분명한 지금까지도 왕비는 공포에 사로잡혀 가끔 밤에 자다 말고 깨어난다. 꿈속에서 그 에티오피

---

* 고대 지중해 연안 국가 사람들이 입던 느슨한 옷.

아인의 그림자가 그녀의 몸 위에서 다시 격정을 일으켰기 때문이다.

그래서 이번에는 사랑하는 내 여인이 눈치채지 못하도록 일을 꾸몄다. 적어도 내 의도는 그랬다. 하지만 내 기억의 틈을 샅샅이 뒤지면서 그날 밤 무슨 일이 있었는지 생각해보면, 정말로 내 의도대로 되었던 것인지 의심하지 않을 수 없다.

나는 정원의 조그만 쪽문으로 기게스를 들어오게 한 다음, 내 아내의 처소로 이끌었다. 하녀들이 루크레시아의 옷을 벗기고 그녀의 몸에 향수를 뿌리고 향유를 발라주고 있었다. 내가 그녀의 몸 위에 있을 때 냄새 맡고 맛보기 좋아하는 향수와 향유였다. 나는 대신에게 발코니의 휘장 뒤에 숨어서 꼼짝도 하지 말고 아무 소리도 내지 말라고 지시했다. 그 구석 자리에서는 세공된 기둥과 작은 돌계단, 그리고 붉은 공단으로 만든 커튼과 더불어 아주 아름다운 침대가 똑똑히 보였다. 쿠션과 실크와 값비싼 자수품으로 잔뜩 치장된 침대였다. 바로 왕비와 내가 매일 밤 사랑놀이를 하는 공간이었다. 나는 모든 램프의 심지를 눌러 불을 끄고, 탁탁 소리를 내며 날름거리는 벽난로의 불만이 방 안을 희미하게 비추도록 했다.

잠시 후 루크레시아는 바람에 실려온 듯 속이 살짝 비치는 얇은 흰색 실크 튜닉을 입고 침실로 들어왔다. 튜닉의 허리와 목과

옷단에는 아주 섬세한 레이스가 달려 있었다. 그녀는 진주 목걸이를 걸고 머리에 망을 쓰고 있었고, 높은 나무 굽이 달린 펠트 실내화를 신고 있었다.

나는 앞에 있는 그녀를 한참 바라보면서 그녀를 음미했고, 나의 훌륭한 대신에게도 신들이나 볼 수 있는 광경을 보게 해주었다. 그녀를 쳐다보면서 기게스도 나처럼 넋을 잃고 있을 것이라고 생각했다. 우리를 의기투합하게 했던 그 못되고 사악한 공모를 떠올리자 갑자기 욕망이 끓어올랐다. 나는 아무 말 없이 그녀에게 다가가 그녀를 침대 위로 떠밀고서 그녀 위에 올라탔다. 그녀를 애무하는 동안, 수염을 기른 기게스의 얼굴이 보였다. 그가 우리를 지켜보고 있다고 생각하자 더욱 달아올랐고, 내 쾌락에 그때까지 알지 못했던 달콤 쌉싸래하고 매운 맛이 가미되었다. 그럼 루크레시아는? 무언가 눈치챘을까? 무언가를 알고 있었을까? 그런 의심을 하는 이유는 그때만큼 그녀가 기운차고 대담했던 적이 없었기 때문이다. 그때처럼 그녀가 주도권을 잡으려고 열망한 적이 없었으며, 나를 물어뜯고 키스하고 포옹하면서 그토록 대담하고 과감하게 화답한 적이 없었기 때문이다. 아마도 그녀는 그날 밤 화톳불과 욕망으로 시뻘겋게 달아오른 그 방에서 쾌락을 즐긴 사람은 두 명이 아니라 세 명이라는 것을 감지했는지도 모른다.

새벽에 루크레시아가 잠든 사이 나는 침대에서 몰래 빠져나와 까치발로 걸어갔다. 내 경호원이자 대신을 정원 출구까지 데려다주기 위해서였다. 나는 그가 추위와 경악으로 벌벌 떨고 있는 것을 보았다.

　"폐하의 말씀이 맞사옵니다." 그는 흥분에 사로잡혀 몸을 떨면서 더듬거렸다. "저는 그걸 보았고, 너무 굉장하여 이 두 눈으로 보았다는 사실을 믿을 수 없을 지경이옵니다. 아직도 꿈을 꾸고 있는 것 같사옵니다."

　"가능한 한 빨리, 그리고 영원히 그걸 잊도록 하라, 기게스." 나는 그에게 명령했다. "나는 이상한 격정에 사로잡혀 깊이 생각하지 않은 채 그대에게 이 특권을 부여했던 것이다. 그것은 내가 그대를 높이 평가하기 때문이었다. 하지만 그대의 혀를 조심하라. 나는 이 이야기가 저잣거리에 떠도는 한담이나 술집에서 지껄이는 농담이 되길 원치 않는다. 내가 그대를 이곳에 데려온 것을 후회할 수도 있는 일이 일어나지 않길 바란다."

　그는 내게 한마디도 하지 않겠다고 굳게 맹세했다.

　하지만 그는 떠들고 말았다. 그가 그렇게 하지 않았다면, 어떻게 그 일에 대해 그토록 많은 이야기가 떠돌 수 있겠는가? 그 이야기는 서로 모순된다. 그리고 갈수록 더욱 황당한 거짓이 된다. 그것은 우리의 귀에까지 들어온다. 처음에는 몹시 분노했다. 하지만 이제는 그 이야기를 들으며 웃고 즐긴다. 그리고 그 이야기는 몇 세기 후에 터키라고 불리게 될 이 조그만 남쪽 왕국의 일부를 이루게 된다. 그곳의 바싹 마른 산이나 촌스러운 신하 들과 마찬가지로, 그리고 그곳의 유목민이나 매나 곰 들과 마찬가지로. 어쨌거나 일단 시간이 지금의 나를 에워싸고 존재하는 모든 것을 집어삼키며 흐르고 나면, 미래의 세대에게는 리디아의 역사라는 조난의 바다 위로 단지 둥글고 태양같이 빛나며 봄날처럼 관대한 루크레시아, 그러니까 왕비이자 내 아내의 궁둥이만 남게 될 것이라고 생각하니 그다지 불쾌하지만은 않다.

3장

·
·
·

수요일의 귀 세정식

"그것들은 바다의 음악을 사로잡아 자개의 미로 안에 품고 다니는 조가비 같아." 리고베르토 씨는 공상의 나래를 펼쳤다. 그의 귀는 크고 오뚝 솟아 있었다. 왼쪽 귀가 특히 더했지만, 양쪽 귀 모두 머리에서 높이 불거져 나와 있었고, 마치 세상의 모든 소리를 붙잡겠다는 듯 둥그렇게 구부러져 있었다. 어렸을 때는 너무 크고 축 처진 귀가 창피했지만, 그는 그것을 받아들이는 법을 터득했다. 일주일 중 하룻밤을 온전히 귀를 돌보고 보살피는 데 전념하는 지금, 그는 그 귀를 자랑스럽게까지 느끼고 있었다. 정성스럽고 부단한 실험에 힘입어, 품위라고는 찾아볼 수 없는 그 부속기관이 민첩한 입과 예민한 촉각과 함께 사랑의 밤에 참여하도록 하는 데 성공했기 때문이다. 루크레시아 또한 그의 귀를 사랑했고, 단둘이 은밀한 시간을 보낼 때면 칭찬을 아끼지 않았다. 사랑을 나누기 전에 그를 껴안으며 그녀는 다정하게 그의 귀를 '내 작은 덤보'*라고 부르곤 했다.

리고베르토 씨는 〈활짝 열린 꽃, 예민한 날개 덮개, 음악과 대화를 듣는 청중석〉이라는 시를 지었다. 그는 확대경으로 왼쪽 귀의 물렁뼈 주위를 조심스럽고도 꼼꼼하게 살펴보았다. 그랬다. 지난 수요일에 털을 뽑아낸 자리에 가느다란 털 세 가닥이 새로 돋아 끝 부분이 꼿꼿이 솟아올라 있었다. 세 가닥이 비대칭을 이룬 것이, 털끝 하나하나가 마치 부등변삼각형의 꼭짓점 같았다. 그는 만일 그 털들이 자라도록 내버려두거나 뿌리째 뽑아내는 일을 그만두면 언젠가 조그맣고 시커먼 타래가 될지도 모른다고 상상했다. 그러자 갑자기 메스꺼워졌다. 그는 규칙적인 털 뽑기로 단련된 솜씨를 발휘해 급히 족집게의 양 끝으로 털을 잡아 하나씩 뽑아냈다. 털을 뽑아낸 자리는 따끔거렸고 등은 오싹해졌다. 그러자 루크레시아가 무릎을 꿇고 하얗고 가지런한 이로 음경 주위의 곱슬곱슬한 털을 곱게 빗어주는 모습이 머리를 스쳤다. 그런 생각을 하자 그의 물건이 오뚝 고개를 들었다. 그는 털이 많은 여자의 헝클어진 머리카락 사이로 삐져나온 귀

---

* 월트 디즈니의 캐릭터로 커다란 귀 때문에 서커스 단원들의 놀림을 받는 아기 코끼리.

와 윗입술 위에 거뭇거뭇하게 난 콧수염, 그리고 콧수염의 그늘 속에서 땀방울이 부르르 떨리며 떨어지는 모습을 상상하면서 즉시 그런 충동을 억제했다. 회사 동료가 카리브 해로 휴가를 떠났다 돌아오면서 해준 이야기가 떠올랐다. 산토도밍고의 한 사창가에서 일하는 논쟁의 여지 없는 최고의 여자가 사실은 양 가슴 사이에 깜짝 놀랄 털을 지닌 건장한 근육질의 물라타였다는 것이다. 그는 루크레시아의 상아색 가슴 사이에도 그와 비슷한 특성이 있다면 어떨까 상상하려고 애썼고, 그러자 온몸에 소름이 돋았다. '난 사랑과 관련된 것에는 온갖 종류의 편견을 가지고 있어.' 그는 마음속으로 고백했다. 그러나 지금 당장은 그 어떤 편견도 버릴 마음이 없었다. 적절한 곳에만 있다면 털이란 괜찮은 것이고 강력한 성적 조미료였다. 머리나 베누스의 언덕*에 있다면, 그건 필수불가결한 것으로 언제든지 환영받을 만한 것이다. 그리고 모든 것을 시도해보고 확인할 요량이라면(이건 유럽인들의 강박관념이 틀림없는 것 같다) 가끔은 참을 만하다. 하지만 단호히 말하건대 팔다리에 난 털은 질색이다. 그리고 가슴에 난 털은 결코 받아들일 수 없다!

그는 면도할 때 쓰는 볼록거울의 도움을 받아 왼쪽 귀를 자세

---

* 여성의 음부를 이르는 말.

히 살펴보기 시작했다. 없었다. 그 어떤 각도에서 바라보아도 귀 끝의 말려들어간 부분이나 귓바퀴 부분에 새로 돋은 털은 없었다. 그가 몇 년 전 어느 날 놀라움을 금치 못하며 찾아냈던 털 세 가닥 외에는 아무것도 없었다.

'오늘 밤에는 사랑을 하지 않고 듣기만 할 거야.' 그는 결심했다. 충분히 가능한 일이었다. 전에도 여러 번 그렇게 했었고, 루크레시아는 그걸 즐겼다. 적어도 사랑을 시작하는 순간에는 그랬다. 그는 당신의 가슴을 듣게 해줘, 라고 속삭일 작정이었다. 그리고 지극히 예민한 그의 귓속으로 아내의 젖꼭지를 하나씩 차례로 사랑스럽게 집어넣을 생각이었다. 그는 모카신*을 신듯 아주 편안하게 젖꼭지를 한쪽 귓속에 넣고, 다른 쪽 젖꼭지를 다른 쪽 귓속에 넣곤 했다. 그런 다음 두 눈을 감고, 성체를 들어올릴 때처럼 경건하게 정신을 집중하여 공손하고 황홀하게 가슴 소리를 들을 작정이었다. 육체의 깊숙한 곳에서 흘러나오는 숨막힐 것 같은 음악, 그는 그녀의 땀구멍이 열리거나 혹은 흥분을 참지 못해 피가 끓어오르고 몸부림치는 육욕의 거친 리듬이 각각의 젖꼭지로 올라올 때까지 그렇게 있을 생각이었다.

오른쪽 귀에 난 털을 없애다 갑자기 그는 그동안 보지 못했던

---

* 북아메리카 원주민들이 신던 굽 낮은 가죽 신발.

것을 발견했다. 맵시 있게 굽은 귓불 한가운데에 털 한 가닥이 외롭게 솟아 정나미 떨어지게 이리저리 흔들리고 있었다. 그는 재빨리 그 털을 뽑아냈다. 그리고 수돗물에 휩쓸려 내려가도록 세면대에 떨어뜨리기 전에 불쾌한 표정으로 그 털을 자세히 살펴보았다. 앞으로도 그의 커다란 귀에 계속해서 새로운 털이 돋아날까? 무슨 일이 있어도 그는 결코 그 일을 포기하지 않을 것이었다. 심지어 임종의 순간에도, 만일 그에게 기운이 남아 있다면 그 털들을 죽여버릴 것이다(뽑아낸다고 하는 편이 좋지 않을까?). 그러나 그후 그의 육체가 생명을 잃고 누워 있을 때 침입자들은 자기들 멋대로 솟아나고 자라서 그의 시체를 더럽힐 수도 있었다. 손톱도 마찬가지였다. 리고베르토 씨는 이런 침울한 이유 때문에 자기가 화장(火葬)을 선호하는 것이며, 이는 그 어떤 것으로도 반박할 수 없는 논거라고 생각했다. 그랬다. 불은 죽은 그의 몸에 결함이 생기지 않도록 해줄 수 있었다. 불길은 그가 완벽한 상태일 때 사라지게 만들어 구더기를 실망시킬 것이었다. 이런 생각을 하자 마음이 다소 놓였다.

귓속에 쌓인 귀지를 깨끗이 청소하기 위해 족집게 끝에 조그만 솜뭉치를 둘둘 말아 물에 적시고 비누를 묻히면서, 그는 그 깨끗한 깔때기 모양의 귀가 머지않아 아내의 가슴에서 배꼽으로 내려가면서 듣게 될 소리를 상상했다. 그 귀들은 굳이 애쓰지 않아도 루크레시아에게서 나는 비밀의 음악을 알아들을 수 있었다. 고체 소리와 액체 소리, 짧은 소리와 긴 소리, 모호한 소리와 분명한 소리로 어우러진 진정한 소리의 심포니가 감춰진 생명력을 즉시 드러낼 것이었다. 지금 애정을 담아 정성껏 후비며 깨끗이 청소하고 있는 그 기관을 통해, 그러니까 시간이 흐르면 귓속에 생기는 기름기 있는 때를 제거함으로써 그녀의 육체의 비밀스러운 것들, 즉 분비선과 근육, 혈관과 모낭, 세포막과 세포조직과 섬유조직, 내장과 자궁 같은 복부의 보드라운 피부 아래에 있는 기름지고 얇은 모든 생물학적 형태들의 소리를 감지하는 것은 얼마나 감동적인가. 그는 유쾌한 기분으로 상상했다. '그녀의 몸 안이나 몸 밖에 존재하는 모든 걸 사랑해.' 그는 생각했다. '그녀의 모든 곳이 성감대이고 성감대일 수 있으니까.'

그녀가 그의 환상 속에서 갑자기 모습을 드러낼 때면 샘솟는 애정 때문에 과장하는 것은 결코 아니었다. 불굴의 인내심 덕택에, 그는 아내 육체의 모든 기관을 전체적으로 그리고 하나씩 다 좋아할 수 있었고, 세포로 된 그 세계의 모든 요소를 따로따로 그리고 한꺼번에 사랑할 수 있었다. 가장 천하고 하찮으며 일반인들이 상상할 수도 없이 역겨운 것들이 포함된 그 세계의 무한한 요소가 자극을 전해오면, 그의 물건은 신속하고 씩씩하게 발기하면서 그 자극에 관능적으로 대답했다. 그는 '아내의 혀나

음부뿐만 아니라 복부까지도 사랑했던 리고베르토 씨가 이곳에 잠들다'가 자기 무덤의 대리석 비석에 새길 비문으로 적당하다고 진지하게 생각했다. 그 묘비문은 거짓말이 아닐까? 아니, 절대로 그렇지 않았다. 그는 자신의 두 귀가 그녀의 부드러운 복부를 탐욕스럽게 짓누를 때 갑자기 희미한 물소리가 들리면 얼마나 달아오를지 생각했다. 그리고 지금 이 순간 활기차게 부글거리는 뱃속의 가스 소리, 유쾌하게 터져 나오는 방귀 소리, 음부가 가르릉 소리를 내면서 하품하는 소리와 꾸불꾸불한 장이 나른하게 기지개를 펴는 소리를 듣고 있다고 생각했다. 그는 이미 사랑과 육욕에 눈이 멀어 아내를 애무하면서 그녀에게 경의를 표하는 말을 속삭이는 자신의 목소리를 들을 수 있었다. '그 작은 소리들도 역시 당신이야, 루크레시아. 그것들은 당신만이 지닌 독특한 화성이고 울려 퍼지는 당신의 몸이야.' 그는 자신이 즉시 그 소리를 알아듣고, 그 소리를 다른 여자의 배에서 나오는 소리와 구별할 수 있을 거라고 자신했다. 하지만 그것은 그가 확인해볼 수 없는 가정일 뿐이었다. 그는 절대로 다른 여자와 사랑을 나누면서 그 사랑의 소리를 들어볼 생각이 없었기 때문이다. 무엇 때문에 그런 짓을 한단 말인가? 루크레시아는 연인이자 잠수부인 그가 아무리 탐사해도 깊이를 헤아릴 수 없는 거대한 바다가 아닌가? "사랑해." 그는 다시 발기되고 있음을 느끼며 중얼거렸다. 그는 음경을 구부려 손끝으로 탁탁 치는 놀라운 방법으로 흥분을 가라앉혔다. 그러자 갑자기 웃음이 터져 나왔다. "혼자 실실 웃는 사람은 자신의 못된 행동을 떠올리고 있는 거예요!" 그는 침실에서 아내가 훈계하는 소리를 들었다. 아, 그가 왜 웃는지 루크레시아가 알까?

그녀의 목소리를 듣고 그녀가 아주 가까이 있다는 사실을 확인하자, 행복한 느낌이 충만해졌다. "행복은 존재해." 그는 매일 밤 그러는 것처럼 반복해서 중얼거렸다. 그랬다. 행복이 가능한 곳에서 행복을 추구하려 한다면 그건 사실이었다. 가령 그곳은 자신의 몸과 사랑하는 여인의 몸이었다. 혼자서 목욕할 때도, 그토록 열렬히 갈망하던 사람과 침대에서 몇 시간 혹은 몇 분을 함께 보낼 때도 그랬다. 행복이란 일시적이고 개인적인 것이지 결코 집단적이거나 공공의 것이 될 수 없기 때문이다. 특별한 경우에 행복은 둘로 나뉘고, 극단적으로 드문 경우에만 셋으로 나뉘는 법이었다. 행복은 조개 속 진주처럼 인간에게 완벽함의 신기루나 섬광을 제공해주는 특정한 의식이나 전례의 의무 속에 숨겨져 있다. 우리는 그런 행복의 부스러기에 만족해야만 불가능한 것을 얻으려고 애쓰면서 고통이나 절망 속에서 사는 것을 면할 수 있다. '행복은 내 귀의 우묵한 곳에 숨어 있어.' 그는 즐거운 마음으로 생각했다.

그는 양쪽 귓구멍을 닦아내는 작업을 마쳤다. 그의 시선 아래에 방금 귀에서 꺼낸 작고 동글동글한 솜뭉치가 있었다. 솜뭉치에는 기름지고 노란 귀지가 묻어 있었다. 이제 남은 일은 물기가 증발해 더러운 찌꺼기가 안에서 굳어버리기 전에 귀를 말리는 일뿐이었다. 다시 한번 그는 족집게 끝에 두 개의 조그만 솜뭉치를 감아서 아주 부드럽게 귓구멍을 문질렀는데, 마치 귓구멍을 마사지하거나 애무하는 것처럼 보였다. 그런 다음 그는 솜뭉치를 변기에 버리고 손잡이를 내렸다. 족집게는 깨끗이 닦아서 침향나무로 만든 아내의 조그만 상자에 넣었다.

마지막 점검을 위해 그는 거울에 귀를 비춰보았다. 만족스러웠고 상쾌했고 의연한 기분이었다. 거울 속에는 안팎으로 깨끗해진 원뿔 모양의 연골이 사랑하는 여인의 육체를 공손하면서도 음란하게 들을 만반의 태세를 갖추고 있었다.

4장

．
．
．

반딧불 같은 눈동자

'어쨌거나 마흔 살이 된다는 것이 아주 끔찍한 일은 아니야.' 루크레시아 부인은 어두운 방에서 기지개를 켜며 생각했다. 스스로 젊고 아름다우며 행복하게 느껴졌다. 그렇다면 행복은 존재하는 것일까? 리고베르토는 "우리 두 사람에게는 종종 그래"라고 말하곤 했다. 행복이란 공허한 말이고 단지 바보들만이 도달하는 상태는 아닐까? 남편은 그녀를 사랑했고 매일 다정하고 섬세한 방법으로 그것을 증명해 보였으며 거의 매일 밤마다 젊은 열기에 차 그녀에게 애걸복걸했다. 사 개월 전, 결혼을 하기로 마음먹은 이후 그도 다시 젊어진 것 같았다. 그녀의 첫번째 결혼은 일종의 재앙이었다. 돈에 굶주린 악덕 변호사들의 손에 이혼 소송을 맡기는 바람에 이혼 역시 악몽 같은 고통이었다. 그래서 그녀는 두려운 나머지 재혼이라는 길로 발을 내딛는 데 오랫동안 주저했다. 하지만 이제 그런 두려움은 씻은 듯이 사라졌다. 처음부터 그녀는 확신을 가지고 새로운 가정을 접수했다. 리고베르토가 죽은 아내를 떠올리지 않도록, 그녀는 가장 먼저 집안 장식을 모두 바꾸었다. 그리고 마치 줄곧 그 집의 안주인이었던 것처럼 거침없이 집안을 다스렸다. 단지 그녀가 그곳에 오기 전부터 있었던 요리사만이 그녀에게 약간 적대감을 보여 다른 사람으로 교체해야만 했다. 다른 하인들은 그녀와 좋은 관계를 유지하며 지냈다. 특히 후스티니아나가 그랬다. 루크레시아가 개인 하녀로 지위를 승격시킨 그녀는 그야말로 소중한 보물이었다. 유능하고 똑똑하며 극단적일 정도로 깨끗하고, 모든 일에 정성을 다했다.

그러나 무엇보다도 커다란 성공은 아이와의 관계였다. 예전에 그녀는 그 아이를 가장 커다란 걱정거리이자 극복할 수 없는 장애물이라 여겼다. 리고베르토가 그들의 은밀한 연애에 종지부를 찍고 당장 결혼하자고 조를 때마다 그녀는 이렇게 생각했다. '의붓아들이라니, 루크레시아, 넌 그애와 결코 잘 지낼 수 없을 거야. 그 아이는 널 항상 미워할 것이고, 네 삶을 견딜 수 없게 만들 거야. 그리고 조만간 너도 그 아이를 미워하게 될 거야. 다른 사람의 아이가 끼어들었을 때 부부가 행복하게 지내는 걸 본

적 있어?'

그러나 그런 일은 일어나지 않았다. 알폰소는 그녀를 매우 좋아했다. 그래, 바로 그게 적당한 단어였다. 심지어 다소 지나치게 좋아한다고 하는 편이 옳았다. 루크레시아 부인은 따뜻한 침대 시트 속에서 다시 기지개를 켜며 나른하고 굼뜬 뱀처럼 몸을 말았다 풀었다. 아이는 그녀를 기쁘게 해주기 위해 일등을 하지 않았던가? 그녀는 아이가 성적표를 내밀 때 보았던 새빨개진 얼굴과 승리감에 가득 찬 하늘색 눈을 떠올렸다.

"새엄마, 여기 생일 선물 있어요. 나한테 키스해줄 거죠?"

"물론이지, 폰치토. 원한다면 열 번이라도 해줄게."

아이는 항상 그녀에게 키스해달라고 부탁했고, 그녀에게 키스를 해도 되냐고 애원했다. 너무나 흥분한 표정으로 그랬기에 그녀는 종종 불안에 사로잡혔다. 아이가 정말로 그녀를 그토록 사랑하는 것일까? 그랬다. 그녀는 이 집에 처음으로 발을 들여놓은 순간부터 선물을 잔뜩 주고 응석을 받아주면서 그 아이를 자기편으로 만들었다. 그게 아니라면 리고베르토가 한창 밤일을 하는 도중에 욕망을 부채질하며 공상에 잠기는 것처럼, 알폰소가 성의 세계에 눈뜨고 있으며 그녀는 그것을 고무시키고 있었던 게 아닐까? "말도 안 되는 생각이에요, 리고베르토. 알폰소는 아직 어린애예요. 이제 겨우 첫 영성체를 했다고요. 가끔씩 당신은 너무 얼토당토않은 생각을 하는군요."

 그녀는 결코 큰 소리로 그런 사실을 인정하려 하지 않았다. 남편 앞에서는 더욱더 그러지 않으려 했지만 지금처럼 혼자 있을 때면 아이가 정말로 그녀를 일종의 자극제로 삼아 육체의 초기 시정(詩情), 즉 성욕을 발견하고 있는 게 아닌가 하는 의심이 들곤 했다. 알폰소의 행동은 그녀를 당혹하게 했다. 너무 순진한 동시에 너무 모호해 보였기 때문이다. 그녀는 자신의 사춘기 시절에 일어났던 결코 잊지 못할 사건 하나를 떠올렸다. 조그맣고 예쁜 갈매기의 발이 요트클럽의 백사장에 우연히 남긴 무늬를 본 것이었다. 그녀는 직선과 곡선의 미로로 이루어진 추상적인 형태를 볼 수 있을 것이라고 기대하면서, 그것을 보다 잘 보기 위해 가까이 다가갔다. 그러나 그녀가 본 것은 크고 구부러진 음경을 떠올리게 하는 형태였다! 폰치토는 그의 방식대로 팔을 뻗어 그녀의 목에 감고 대롱대롱 매달려 그녀의 입술을 찾고 오랫동안 키스하는 행동이, 그들에게 허용된 한계를 넘어선다는 것을 알고 있을까? 그걸 안다는 것은 불가능했다. 아이는 너무나 솔직하고 상냥한 눈을 하고 있었다. 산타 마리아 남학교의 크리스마스 행사에서 양치기처럼 포즈를 취하던 그 멋지고 아름다운 아이의 조그만 금발 머리 속에 그런 더럽고 음탕한 생각이 들어 있다는 것은 있을 수 없는 일이라고 생각했다.

"더럽고 추잡한 생각이야." 루크레시아 부인은 입을 베개에 대고 속삭였다. "음탕한 생각이야. 하하!" 그녀는 한결 기분이 좋아졌다. 마치 피가 따뜻하게 데운 포도주로 변한 것처럼 달콤한 온기가 그녀의 혈관을 타고 흘렀다. 있을 수 없는 일이었다. 폰치토는 자신이 불장난을 하고 있다는 사실을 짐작조차 하지 못했다. 그런 감정 표현은 막연한 본능, 즉 무의식적 방향성에 의해 유발된 것이라는 사실은 의심의 여지가 없었다. 하지만 그렇다 하더라도 그것이 위험한 장난이 아니라고는 말할 수 없었다. 그렇지 않아, 루크레시아? 아직 어린 그 아이는 바닥에 무릎을 꿇고서 마치 천국에서 갓 내려온 사람을 보듯 그녀를 뚫어지게 바라보았다. 그러고는 조그만 팔과 무른 몸을 그녀에게 착 붙이고 거의 보이지 않을 정도로 얇은 입술을 그녀의 뺨에 갖다댄 채 미끄러져 내려가 살며시 그녀의 입술을 스쳤다. 물론 그녀는 아이의 입술이 자신의 입술에 일 초 이상 머물게 허락하지 않았다. 그럴 때면 루크레시아 부인은 종종 갑작스런 흥분이 엄습하고 뜨거운 욕망이 솟구치는 것을 억제할 수가 없었다. "루크레시아, 더럽고 음탕한 생각을 하는 사람은 바로 너야." 그녀는 매트리스에 누워 눈을 감고 중얼거렸다. 언젠가는 그녀도 같이 브리지 카드 게임을 하는 몇몇 친구들처럼 항상 몸이 달아 있는 추잡한 늙은 여자가 될까? 대낮에 중년 여자가 열정을 느끼는 것은 악마의 소행일까?' 진정해. 그건 네가 이틀 동안 과부 신세가 되었기 때문일 뿐이야. 리고베르토는 보험 관련 일로 출장을 떠났고 일요일이 되어야 돌아오니까. 자, 침대에서 빈둥거리지 마. 이 게으름뱅이야, 어서 일어나!' 그녀는 기분 좋은 졸음을 내쫓기 위해 안간힘을 쓰면서, 인터폰으로 후스티니아나에게 아침식사를 침실로 가져오라고 지시했다.

개인 하녀는 오 분 후에 루크레시아 부인의 아침식사를 쟁반에 담아 방으로 가져왔다. 아침식사와 함께 그녀의 서신과 조간신문도 가져왔다. 하녀가 커튼을 걷자 축축하고 음산하며 희뿌연 리마의 9월 햇빛이 방 안을 덮쳤다. '겨울은 참으로 냉혹하고 모질어.' 루크레시아 부인은 생각했다. 그러고는 여름의 햇빛과 파라카스 해변의 뜨거운 모래밭, 그리고 그녀의 피부에 와 닿는 바다 소금기의 애무를 꿈꾸었다. 하지만 여름이 되려면 오래 기다려야 했다. 후스티니아나는 쟁반을 그녀의 무릎에 올려놓고 베개로 등을 받쳐주었다. 후스티니아나는 날씬한 몸매에 까무잡잡한 피부, 그리고 곱슬머리에 생기 가득한 눈과 달콤한 목소리를 지니고 있었다.

"제가 말씀을 드려야 할지 말아야 할지 모르는 일이 있어요, 마님." 그녀는 얼굴에 희비극적인 표정을 지으며 나지막이 속삭였다. 그러면서 루크레시아 부인에게 실내복을 건네주고, 침대

다리맡에 실내화를 놓았다.

"자, 말해봐. 벌써 내 식욕을 돋우었으니까." 루크레시아 부인은 이렇게 대답하면서, 토스트 한 조각을 입에 넣고 설탕이나 크림을 하나도 타지 않은 차를 한 모금 마셨다. "무슨 일이야?"

"말하기 부끄러워요, 마님."

루크레시아 부인은 재미있다는 표정으로 그녀를 뚫어지게 쳐다보았다. 그녀는 젊었고, 푸른색 앞치마를 두른 하녀복 속에 나긋나긋한 곡선의 날씬하고 탄력 있는 육체를 은근히 감추고 있었다. 남편과 사랑할 때 후스티니아나는 어떤 표정을 지을까? 그녀는 식당의 문지기와 결혼했다. 그는 키가 큰 흑인으로 운동선수처럼 체격이 건장했고, 매일 아침 그녀를 일터까지 데려다주었다. 루크레시아 부인은 그녀에게 아직 젊으니 자식 때문에 골치 썩지 말라고 충고했고, 그녀를 손수 자기 주치의에게 데려가 피임약을 처방받도록 해주었다.

"요리사와 사투르니노가 또 싸웠어?"

"아니에요. 알폰소와 관계있는 일이에요." 후스티니아나는 목소리를 낮추었다. 아이가 그곳에서 멀리 떨어진 학교에 있는데도, 마치 먼 곳에서도 그녀의 말을 들을지도 모른다고 생각하는 것 같았다. 그녀는 실제보다 더욱 당황하고 난처한 표정을 지었다. "어젯밤에 제가 봤는데…… 아이에게는 절대로 말하시면

안 돼요. 마님. 제가 말한 걸 폰치토가 알면, 저를 죽이려 들 거예요."

후스티니아나는 무슨 말을 하건 항상 얌전을 빼면서도 다소 호들갑스럽게 과장했고, 루크레시아 부인은 그런 그녀의 말을 들으며 즐거워했다.

"어디서 봤는데? 뭘 하고 있었어?"

"마님을 훔쳐보고 있었어요."

본능적으로 루크레시아 부인은 자기가 곧 무슨 말을 듣게 될지 알았고, 경계 태세를 취했다. 후스티니아나는 욕실 천장을 가리켰다. 이제 그녀는 정말이지 어찌할 바를 모르는 것 같았다.

"정원으로 떨어져서 죽을 수도 있었어요." 그녀는 두 눈을 껌벅이며 작은 소리로 말했다. "그래서 지금 말씀드리는 거예요, 마님. 제가 알폰소를 꾸짖었는데, 그게 처음이 아니었다고 말했어요. 수없이 지붕 위로 올라갔다는 거예요. 마님을 훔쳐보려고요."

"지금 무슨 말을 하는 거야?"

"지금 네가 들은 그대로야." 아이는 도전적으로, 아니 거의 자랑하듯 대답했다. "내가 미끄러져 죽는 한이 있어도 계속 이렇게 할 거야. 그러니까 내 말을 잘 귀담아둬."

"폰치토, 너 미쳤구나. 이건 아주 나쁜 짓이야. 해서는 안 되는 일이라구. 네가 새엄마가 목욕하는 모습을 몰래 지켜본다는 사실을 알면 리고베르토 씨가 뭐라고 하시겠니? 벌컥 화를 내면서 몽둥이로 마구 때릴 거야. 더 큰 문제는 죽을 수도 있다는 거야. 얼마나 높은 곳인지 잘 봐."

"상관없어." 아이가 눈을 빛내며 단호하게 대답했다. 하지만 즉시 그 눈빛이 꺼졌고, 아이는 어깨를 으쓱이며 아주 순한 양처럼 덧붙였다. "후스티타*, 아빠가 날 때릴지도 몰라. 그래도 넌 고자질할 거지?"

"네가 다시는 올라가지 않겠다고 약속하면 아무 말 안 할게."

"그건 약속할 수 없어, 후스티타." 아이는 유감스럽다는 듯 말했다. "지키지 못할 약속은 할 수 없어."

"지금 너의 그 열대의 상상력으로 이 모든 걸 꾸며내고 있는 건 아니겠지?" 루크레시아 부인은 말을 더듬었다. 도대체 웃어야 할까, 아니면 화를 내야 할까?

"마님, 몹시 망설이다가 용기를 내서 말씀드리는 거예요. 저는 폰치토를 너무도 사랑하고, 폰치토는 너무도 착한 아이니까요. 하지만 폰치토가 지붕 위로 올라가다 자칫 잘못하면 죽을 수도 있어요. 제 말이 하나도 거짓이 아니라고 맹세할 수 있어요."

---

* 후스티니아나의 애칭.

루크레시아 부인은 아이가 저 위에 올라가서 날쌘 맹수 새끼처럼 몸을 웅크린 채 자신을 훔쳐보는 모습을 상상하려고 애썼지만 허사였다.

"하지만, 하지만 난 믿을 수가 없어. 그토록 예의 바르고 공손하고 점잖은 아이인데. 난 그 아이가 그런 짓을 하는 모습을 상상할 수가 없어."

"그건 폰치토가 마님을 사랑하게 되었기 때문이에요." 하녀는 한숨을 내쉬면서 입을 막고 살며시 미소 지었다. "그걸 몰랐다고는 말씀하지 마세요. 저는 마님이 그걸 몰랐다고 생각하지 않거든요."

"후스티니아나, 도대체 무슨 뚱딴지 같은 소리야?"

"마님, 사랑하는 데 나이가 상관있나요? 폰치토 나이에 처음 사랑에 빠지는 아이들도 있어요. 게다가 폰치토는 모든 일에 빈틈없고 약아빠진 아이예요. 그 아이가 제게 말한 것을 직접 들으신다면, 마님은 아마 입도 못 다무실 거예요. 저도 그랬거든요."

"도대체 지금 무슨 이야기를 만들어내고 있는 거야, 이 바보야?"

"후스티타, 지금 내가 말하고 있는 그대로야. 새엄마가 가운을 벗고 거품이 가득한 욕조에 들어갈 때 내가 어떤 느낌을 받는지 도저히 네게 말할 수가 없어. 너무너무 아름답고 예뻐서……

성체를 받을 때처럼 눈물이 나. 꼭 한 편의 영화를 보는 것 같아. 그건 마치…… 이건 네게 설명할 수 없는 거야. 그래서 내가 눈물을 흘리는가봐, 그렇지?"

루크레시아 부인은 웃음을 터뜨리는 쪽을 택했다. 더욱 자신이 생긴 하녀는 공모하는 표정을 지으며 따라 웃었다.

"난 네가 말한 것의 십분의 일만 믿어." 루크레시아 부인은 마침내 이렇게 말하며 침대에서 일어났다. "그렇다 하더라도 그 아이에게 뭔가 조치를 취해야겠어. 아이에게 아무 일도 일어나지 않도록 가능한 한 빨리 그런 장난을 뿌리 뽑아야겠어."

"하지만 주인님에게는 말씀하지 마세요." 후스티니아나는 두려움에 사로잡힌 나머지 벌벌 떨면서 그녀에게 애원했다. "몹시 화내실 거예요. 그리고 폰치토를 때리실지도 몰라요. 폰치토는 자기가 나쁜 짓을 하고 있다는 사실도 모른다구요. 맹세할 수 있어요. 폰치토는 좋은 일과 나쁜 일을 구별하지 못하는 어린 천사 같아요."

"리고베르토에게 이런 이야기를 할 수는 없어. 당연히 그럴 수 없지." 루크레시아 부인은 고개를 끄덕이며 잠시 생각에 잠기더니 큰 소리로 이렇게 말했다. "하지만 이런 어리석은 일에 종지부를 찍어야 해. 어떻게 해야 하는지는 모르겠지만, 여하튼 즉시 그렇게 해야 해."

그녀는 아이가 염려되는 한편 몹시 불쾌했다. 또한 아이와 하녀, 그리고 자신에게 화가 치밀었다. 어떤 조치를 취해야 할까? 폰치토와 대화를 하면서 혼내야 할까? 이 모든 걸 리고베르토에게 말하겠다고 으르대야 할까? 그러면 아이는 어떤 반응을 보일까? 상처와 배신감을 느낄까? 지금까지 그녀에게 느끼고 있던 사랑의 감정이 갑자기 증오로 변하는 건 아닐까?

비누칠을 하면서, 그녀는 탱탱하고 커다란 가슴과 오뚝 솟은 젖꼭지, 아직도 우아하고 단아한 허리, 허리 아래로 펼쳐진, 반으로 자른 과일처럼 풍만한 엉덩이 곡선, 허벅지와 둔부, 제모한 겨드랑이와 점 하나가 박힌 길고 부드러운 목을 어루만졌다. '난 결코 늙지 않을 거야.' 그녀는 매일 아침 목욕할 때마다 하는 기도를 했다. '내 영혼이나 그 어떤 것을 팔아서라도 말이야. 난 결코 추한 여자도, 초라하고 비참한 여자도 되지 않을 거야. 난 아름답고 행복하게 죽을 거야.' 리고베르토 씨는 그런 말을 입 밖으로 내고 계속해서 되뇌고 믿으면 실제로 이루어진다며 그녀에게 확신을 심어주었다. "여보, 그건 아주 효력 있는 마법의 말이야." 루크레시아는 웃었다. 그녀의 남편은 약간 괴짜일지도 몰랐다. 하지만 사실대로 말하면 그런 남자와 함께 있으면 그 어떤 여자도 지겨워하지 않을 것이다.

그날 내내 그녀는 하인들에게 할 일을 지시하고, 쇼핑을 하고,

친구를 방문하고, 점심을 먹고, 전화를 걸고 받으면서, 도대체 그 아이를 어떻게 해야 할지 생각했다. 리고베르토에게 모든 걸 털어놓는다면, 그 아이는 그녀의 적이 될 것이고 그러면 집 안이 지옥이 될지도 모른다는 오래된 예감이 현실이 될 수도 있었다. 가장 현명한 방법은 후스티니아나가 폭로한 사실을 잊어버리고, 차갑고 무관심한 태도를 취하면서 아이가 그녀에게 가졌던 환상을 서서히 없애버리는 것이었다. 아이는 자신의 환상이 어떤 것인지 제대로 알지 못할 게 분명했다. 그랬다. 입을 다물고 조금씩 그 아이와 거리를 두는 게 신중하고 분별 있는 행동이었다.

그날 오후 학교에서 돌아온 알폰소는 그녀에게 키스를 하러 가까이 다가왔다. 그러나 그녀는 순간적으로 고개를 돌렸고, 수업이 어땠는지, 다음 날 숙제는 없는지 묻지도 않은 채 대충 훑어보던 잡지만 쳐다보았다. 곁눈질로 아이의 작은 얼굴이 슬픈 빛을 띠면서 우거지상이 되는 걸 보았다. 하지만 그녀는 그런 모습에 전혀 개의치 않았다. 전과는 달리 그날 밤에는 아래층으로 내려가 저녁 먹는 아이 곁에 함께 있어주지 않고(그녀가 저녁을 먹는 경우는 아주 드물었다) 아이 혼자 저녁을 먹게 놔두었다. 잠시 후 트루히요에 있는 리고베르토에게서 전화가 왔다. 모든 일이 잘되고 있으며, 그녀가 몹시 보고 싶다고 했다. 그날 밤에는 관광호텔의 작고 쓸쓸한 방에서 그녀를 더욱 그리워할 것이었다. "집에는 아무 일 없어?" "네, 아무 일 없어요." "그럼 조심해, 여보." 루크레시아 부인은 방 안에서 혼자 음악을 조금 듣다가 아이가 잘 자라는 인사를 하러 오자 잘 자라고 차갑게 대꾸했다. 잠시 후 그녀는 후스티니아나에게 잠자리에 들기 전 하는 일과인 거품 목욕을 할 테니 준비해놓으라고 지시했다.

하녀가 욕조에 물을 받는 동안 그녀는 옷을 벗었다. 그날 내내 그녀를 한시도 놔두지 않고 괴롭히던 염려와 걱정이 다시 모습을 드러냈다. 이제 그런 느낌은 더욱 커지고 있었다. 그런 식으로 폰치토를 다룬 게 잘한 일일까? 놀라고 실망한 아이의 조그만 얼굴이 떠오르자 그녀는 후회가 되면서도 몹시 괴로웠다. 하지만 이렇게 하는 것이 위험해질 수도 있는 유치한 행동을 멈추는 유일한 방법이 아닐까?

그녀는 물이 목까지 차오를 정도로 욕조에 몸을 담근 채 반쯤 졸았다. 그러면서 가끔씩 손이나 발로 작게 소용돌이치는 비누거품을 휘저었다. 그때 후스티니아나가 욕실 문을 두드렸다. "들어가도 될까요, 마님?" 후스티니아나는 한 손에는 수건을 들고 다른 손에는 가운을 들고 다가왔다. 몹시 놀라고 두려운 표정이 어려 있었다. 루크레시아는 하녀가 곧 "폰치토가 저 위에 있어요, 마님"이라고 속삭이리라는 것을 알았다. 그녀는 고개를 끄덕이고는 거만하게 손을 내저으며 후스티니아나에게 나가라고 지시했다.

루크레시아는 오랫동안 꼼짝도 않고 욕조 안에 그대로 있으면서 천장을 쳐다보지 않으려 노력했다. 아니, 쳐다봐야 할까? 손가락질해야 할까? 아이에게 소리를 지르며 욕해야 할까? 그녀는 머리 위에 있는 어두운 색의 둥근 유리 천장에서 나는 딸그락거리는 소리를 들을 수 있었다. 그러자 무릎을 꿇고 웅크린 아이의 모습과 그 아이가 느낄 두려움과 수치심이 머릿속에 그려졌다. 그녀는 아이의 찢어질 듯한 비명 소리를 들을 수 있었고, 아이가 마구 뛰어가는 모습도 볼 수 있었다. 아이는 미끄러져 유성이 땅에 떨어질 때처럼 굉음을 내면서 정원으로 굴러떨어질지도 몰랐다. 아이의 조그만 몸이 난간에 쾅 하고 부딪히는 소리와 파두 울타리를 쓰러뜨리고 흰독말풀의 마녀 손가락 같은 가지에 휘감기는 소리가 그녀의 귀에 들려올지도 몰랐다. '최대한 자제해야 해.' 그녀는 이를 악물면서 생각했다. '소란을 피우면 안돼. 특히, 비극으로 끝나는 일만은 피해야 해.'

분노가 치밀었다. 마치 뼛속까지 추위를 느끼는 것처럼 머리 끝에서 발끝까지 덜덜 떨렸다. 그녀는 갑자기 욕조에서 벌떡 일어났다. 수건으로 몸을 가리지도 않았고, 몸을 움츠리지도 않았다. 숨어서 보이지 않는 그 조그만 두 눈이 그녀의 육체를 불완전하게, 흘낏 보게만 했을까? 아니다. 완전히 반대였다. 그녀는 벌떡 일어나 다리를 벌렸다. 그리고 욕조에서 나가기 전에 기지 개를 펴 다정하고도 음란하게 자기 몸을 모두 보여주었다. 그러 고는 비닐 샤워캡을 벗고 고개를 들어 머리카락을 흔들었다. 욕 조에서 나온 다음에는 바로 가운을 걸치지 않고 벌거벗은 몸으 로 잠시 서 있었다. 그녀의 몸은 작은 물방울들로 반짝거렸고, 단단하고 대담하며 격노해 있었다. 그녀는 수건으로 팔다리를 여러 차례 문질러 아주 천천히 물기를 닦았고, 몸을 한쪽으로 기 울였다 구부렸다 하며 음란하고 방탕한 자세를 취한 채 갑자기 어떤 생각에 사로잡힌 듯 꼼짝도 하지 않았다. 또 거울 속의 자 신의 모습을 유심히 바라보며 생각에 잠겼다. 그리고 시간을 질 질 끌면서 광적일 정도로 세심하게 바디로션을 몸에 발랐다. 눈 에 보이지 않는 참관자 앞에서 이렇게 자신의 몸을 드러내 보이 는 동안, 그녀의 심장은 분노로 쿵쾅거렸다. '루크레시아, 도대 체 뭘 하고 있는 거야? 왜 이렇게 자세를 꾸며대고 있는 거지, 루크레시아?' 그러나 그녀는 계속해서 자기 몸을 드러내 보였 다. 과거에 그 누구에게도, 심지어 리고베르토 앞에서도 하지 않 았던 행동이었다. 그녀는 벌거벗은 채 욕실 한쪽 끝에서 반대쪽 끝으로 천천히 걸으면서 머리를 빗고 이를 닦고 향수를 뿌렸다. 이런 즉흥적인 광경의 주인공 역할을 하면서 그녀는 자기가 하 는 행동 역시 저 지붕 위의 어둠 속에서 웅크리고 있는 조숙한 방탕아를 벌주는 교묘한 방법일지도 모른다고 생각했다. 그리고 이런 내밀한 모습을 보여주면, 그녀가 눈치채지 못했을 거라 짐작하고 무모한 행동을 감행했던 아이는 그의 짐작이 잘못되었음을 깨달을 거라고 생각했다.

침대로 들어가서도 그녀는 여전히 떨고 있었다. 그녀는 잠을 이루지 못한 채 오랫동안 침대에 누워 리고베르토를 그리워했다. 자기가 한 행동이 전혀 마음에 들지 않았다. 그리고 있는 힘을 다해 아이를 증오했고, 종종 그녀의 젖꼭지를 오뚝 서게 만들었던 뜨거운 육체의 의미를 짐작하지 않으려고 무던히 애썼다. 내게 무슨 일이 일어난 거지? 그녀는 자기가 왜 그랬는지 이유를 알 수 없었다. 마흔 살이 되었기 때문일까? 아니면 매일 밤 남편이 품는 야릇한 환상과 별스러운 방탕 때문일까? 아니다, 이건 모두 알폰소 때문이었다. '이 아이가 날 타락시키고 있어.' 그녀는 당혹스러웠다.

마침내 잠이 들자, 그녀는 리고베르토 씨의 비밀 수집품 중 한 에칭 작품이 살아 움직이는 것 같은 관능적이고 도발적인 꿈을 꾸었다. 그와 그녀는 밤마다 그 비밀 수집품을 들여다보며 이런저런 이야기를 주고받으면서 함께 사랑의 영감을 찾았던 것이다.

5장

⋮

목욕 후의 디아나

[2]

그 여자, 그러니까 왼쪽에 있는 여자가 바로 나, 디아나 루크레시아다. 그렇다, 나는 떡갈나무와 숲의 여신이며, 풍요와 출산의 여신인 동시에 사냥의 여신이기도 하다. 그리스 사람들은 나를 아르테미스라고 부른다. 루나와는 친척이며, 아폴로와는 남매 사이다. 나의 찬미자 중에는 수많은 여자와 평민 들이 있다. 제국의 광야에는 나를 기리는 사원이 곳곳에 있다. 내 오른편, 몸을 숙이고 내 발을 쳐다보는 여자는 내가 가장 총애하는 후스티니아나다. 우리는 이제 막 목욕을 마쳤고, 사랑을 나눌 작정이다.

오늘 아침 해가 뜰 무렵, 나는 화살로 산토끼, 메추리, 꿩을 잡았다. 후스티니아나가 화살을 사냥물에서 빼서 깨끗이 닦은 후

다시 화살집에 다소곳이 꽂아놓았다. 사냥개는 장식에 불과하다. 나는 사냥을 나갈 때 사냥개를 거의 이용하지 않기 때문이다. 오늘처럼 가냘프고 고운 먹잇감을 잡을 때에는 그 어떤 경우에도 사냥개를 쓰지 않는다. 사냥개의 이빨은 사냥물을 먹기에 적당하지 않게 엉망진창으로 만들어놓기 때문이다. 오늘 밤 우리는 그 연하고 맛있는 고기를 이국의 향신료로 조미하여 먹을 생각이다. 그리고 지쳐 쓰러질 때까지 카푸아산 포도주를 마실 것이다. 나는 즐기는 법을 안다. 이건 내가 시간과 역사가 이어진 내내, 완벽해질 때까지 쉬지 않고 갈고 닦은 습성이다. 그리고 나는 한 치의 허풍도 보태지 않고, 이 분야에서 지혜를 터득했다고 단언한다. 그러니까 내 말은 인생이라는 모든 과일에서, 심지어 썩은 과일에서조차 기쁨의 과즙을 음미하는 기술을 터득했다는 것이다.

주인공은 이 그림에 등장하지 않는다. 보다 정확하게 말하자면, 그는 보이지 않는다. 그는 저기 뒤, 그늘진 숲에 숨어 우리를 엿보고 있다. 동틀 녘 남쪽 하늘빛 같은 크고 아름다운 눈과 욕망으로 붉게 상기된 둥근 얼굴을 가진 그는 그곳에 웅크린 채 황홀경에 빠져 나를 흠모하고 있을 것이다. 틀림없이 그곳에서 무성한 나뭇가지에 엉켜버린 금발의 곱슬머리와 깃대처럼 우뚝 솟은 창백하고 조그만 음경을 가지고, 순진한 아이의 환상에 젖어 우리를 들이마시고 먹어치울 것이다. 이런 사실을 아는 우리는 더욱 즐거워하고, 놀이는 더욱 흥미진진해진다. 그는 신도 아니고 동물도 아니다. 바로 인간이다. 그는 양을 보살피며 피리를 분다. 사람들은 그를 폰신*이라고 부른다.

후스티니아나는 8월 13일에 그를 발견했다. 당시 나는 숲에서 사슴을 쫓고 있었다. 그 어린 양치기는 무언가에 걸려 넘어지고 비틀거리면서도 한시도 내게서 눈을 떼지 못하고 나를 따라왔다. 내가 총애하는 여자는 어린 양치기가 꼿꼿이 서 있는 나를 보고 울음을 터뜨렸다고 말했다. 그때 내 머리카락은 햇빛을 받아 활활 불타오르고 있었고, 내 눈에서는 분노의 광채가 이글거리고 있었으며, 내 육체의 모든 근육은 활을 쏘기 위해 팽팽해져 있었다. 그를 위로하기 위해 다가갔던 후스티니아나는 아이가 행복에 겨워 울고 있다는 사실을 알게 됐다.

"도대체 내가 왜 이러는지 모르겠어요." 그가 고백했다. 뺨은 눈물에 젖어 축축했다. "저 여인이 숲에 나타날 때마다 나뭇잎들은 샛별이 되고 꽃들은 노래를 부르기 시작해요. 뜨거운 영혼이 내 몸으로 들어와 피를 끓어오르게 해요. 그녀를 쳐다보면 땅 위에 가만히 서 있어도 새가 되어 날아오르는 것 같아요."

---

* 알폰소의 애칭.

"당신의 육체가 아직 어린 그에게 사랑의 언어를 불어넣었어요." 그 일화를 이야기하고 나서 후스티니아나는 진지하게 설명했다. "당신의 아름다움은 마치 방울뱀이 벌새를 매료시키듯 그를 홀렸어요. 디아나 루크레시아, 그 아이를 불쌍히 여기세요. 그 어린 양치기와 함께 노는 게 어때요? 그를 즐겁게 해주면서, 동시에 우리도 즐길 수 있을 거예요."

그리고 그렇게 되었다. 나와 똑같이, 아니 나보다 더한 쾌락주의자인 후스티니아나는 감각적이고 관능적인 즐거움과 관련된 문제에서는 결코 실수하는 법이 없다. 바로 그녀의 그런 점이 나를 기쁘게 한다. 나는 그녀의 비옥한 엉덩이나 내 입천장을 즐겁게 간질이는 음부의 비단결 같은 털보다도, 그녀의 거침없는 상상력과 이 세상의 수많은 소동과 혼란 속에서도 쾌락과 기쁨의 원천을 알아보는 그 빈틈없는 본능을 더욱 높이 평가한다.

그때부터 우리는 그 어린 양치기와 함께 놀았다. 상당히 오랜 시간이 지났지만, 우리의 놀이는 너무나 즐겁고 흡족해 지겨울 틈이 없다. 우리의 삶은 매일매일이 그 전날보다 더 즐겁고 새로우며 유쾌하다.

남성적인 육체적 매력을 지닌 작은 신 폰신은 수줍음이라는 영적인 영광도 누리고 있었다. 나는 두세 번 그에게 다가가 말을 건네보려 했지만 허사였다. 그때마다 그는 얼굴이 창백해지면서 수줍은 사향노루 새끼처럼 마구 달아나 마술을 부리듯 순식간에 나뭇가지 사이로 모습을 감추었다. 그는 나를 만지려는 생각은 하지도 않는다고, 단지 내가 가까이 다가와 자신의 눈을 쳐다보고 말하는 것을 생각만 해도 머리가 아찔하고 곤혹스럽다고 후스티니아나에게 넌지시 털어놓았다. "그런 여인은 건드릴 수 없어요." 그가 말했다. "내가 그녀에게 가까이 가면, 리비아의 햇빛이 나비를 태워버리듯 그녀의 아름다움에 불타버릴 거라는 걸 알고 있어요."

그래서 우리는 남몰래 놀이를 한다. 매번 다른 놀이다. 신과 인간이 뒤섞여 서로 고통을 가하며 죽이는 연극, 감성적인 그리스 사람들이 너무나 좋아하는 희곡들처럼 그럴듯하게 연기하는 것이다. 후스티니아나는 내 협력자가 아니라 그의 동료인 것처럼 위장하면서—사실 그 똑똑한 여자는 우리 두 사람의 공범이자 협력자이고, 특히 자기 자신의 공범이자 협력자이다—그 어린 양치기를 내가 밤을 보낼 동굴과 아주 가까운 바위투성이 장소에 앉혀놓는다. 그러고 나서 붉은 혀를 날름거리는 모닥불 불빛 아래에서 그녀는 내 옷을 벗기고 시칠리아의 꿀벌들이 만든 달콤한 꿀을 내 몸에 바른다. 그것은 라케다이몬 사람들이 육체를 탱탱하고 윤기 있게 유지하고 감각을 돋우기 위해 사용하는 방법이다. 그녀가 내 위에 웅크리고 앉아 내 손발을 문지르고 움직이는 모습을 내 순결한 찬미자의 호기심 어린 눈에 보여주는 동안, 나는 살며시 눈을 감는다. 내가 감각의 터널로 들어가며 달콤한 느낌에 살며시 전율할 때, 나는 폰신이 날 지켜보고 있다는 것을 느낀다. 그뿐만이 아니다. 나는 그를 만지지 않고도 그를 보고 그의 체취를 맡으며 그를 애무하고 가슴으로 껴안으며 내 안에서 그를 사라지게 만든다. 내가 총애하는 여자의 부지런한 양손 아래에서 절정에 도달하는 동안 그도 나와 똑같은 속도로 절정에 이른다는 것을 알면 나는 더욱더 황홀해진다. 그가 나를 바라보며 쾌감을 느끼는 동안 땀에 젖어 반짝거리는 그의 조그맣고 순진한 몸은 내 쾌감을 미묘하게 변화시키고 더욱 달콤하게 만든다.

그리하여 어린 양치기는 후스티니아나가 지정해준, 내 쪽에선 보이지 않는 울창한 숲 속에 숨어 내가 잠자고 눈뜨는 모습을 보고, 내가 창과 단도를 던지고 옷을 입고 벗는 모습을 본다. 그는 내가 두 개의 돌 위에 쭈그려 앉아 맑고 투명한 실개천에 연한 황금빛 오줌을 누는 것도 본다. 아마도 그는 급히 실개천 아래로 내려가 그 오줌을 마실 것이다. 그는 또한 내가 거위의 목을 자르고 비둘기의 내장을 꺼내 피를 신들에게 봉헌하고 창자에서 미래의 숨겨진 신비를 읽어내는 것도 본다. 그는 내가 내 몸을 애무하여 흥분에 도달하는 것과 내가 총애하는 여자를 애무하여 그녀를 절정에 이르게 하는 것도 본다. 그리고 후스티니아나와 내가 개울물에 들어가 투명한 폭포수를 마시고 그 물을 서로 상대방의 입에 넣어주며 서로의 침과 체액과 땀을 음미하는 것도 지켜본다. 그를 위해서, 이리저리 옮겨 다니는 은닉처에서 우리 두 사람의 은밀한 행동을 즐길 수 있는 특권을 가진 자를 위해서, 우리는 아무리 터무니없는 육체와 영혼의 의식이라 할지라도 기꺼이 연습하고 기꺼이 치른다. 그는 우리의 어릿광대이지만, 또한 우리의 주인이기도 하다. 그는 우리를 섬기고, 우리는 그를 섬긴다. 육체적 접촉을 하지 않고 한마디도 주고받지 않은 채 우리는 수없이 서로를 황홀경에 이르게 했다. 양치기 소년과 나는 나이와 성격 면에서 도저히 극복할 수 없을 만큼 차이가 나지만, 우리가 가장 열정적인 연인들보다도 더 완전한 하나가 되었다고 말해도 과언이 아니다.

지금 바로 이 순간, 후스티니아나와 나는 그를 위해 연기할 것이고, 폰신 또한 저기 뒤, 돌과 수풀 사이에 머무르며 우리를 위해 연기할 것이다.

간단히 말하면, 영원히 움직이지 않는 이 그림은 생명을 얻어 시간이 되고 역사가 될 것이다. 사냥개는 짖어댈 것이고 숲은 명랑하게 떠들 것이며, 강물은 자갈과 갈대 사이로 노래를 부르며 흘러갈 것이다. 산꼭대기에 얹혀 있는 구름은 내가 총애하는 여자의 헝클어진 곱슬머리를 물결치게 할 장난기 가득한 바람에 이끌려 동쪽으로 여행할 것이다. 그녀는 움직일 것이고 상체를 숙일 것이며, 조그마한 주홍색 입술로 내 발에 키스할 것이고 마치 무더운 여름 오후에 레몬과 라임을 빨아먹듯 내 발가락을 하나씩 빨 것이다. 이내 우리는 생명이 움트는 도취 상태에 빠진 채 바스락거리는 푸른 실크 침대 시트 위에서 뛰놀 것이고 우리의 손발은 뒤엉킬 것이다. 사냥개들은 우리 주변을 맴돌며 욕망에 굶주린 입에서 뜨거운 숨을 내뿜을 것이고, 어쩌면 흥분하여 우리를 핥을지도 모른다. 숲은 우리가 황홀해하며 내뱉는 한숨과 이내 우리가 치명상을 입고 갑자기 내지르는 비명을 들을 것이다. 그리고 잠시 뒤 우리가 시끄럽게 웃고 떠드는 소리를 들을 것이다. 또한 우리가 여전히 뒤엉킨 손발을 풀지 않은 채 평화로운 잠으로 천천히 빠져드는 장면도 목격할 것이다.

바로 그때, 우리가 부리는 교태의 목격자는 꿈의 신 히프노스의 포로가 된 우리를 보고는, 은신처를 떠나 자기의 부드러운 발소리로 우리를 깨우지 않도록 세심한 주의를 기울이며 우리를 바라보러 푸른 침대 시트 주변으로 올 가능성이 충분하다.

그는 그곳에 있을 것이고, 우리는 꼼짝도 하지 않은 채 또다른 영원의 순간에 있게 될 것이다. 폰신의 이마는 창백하고 뺨은 불그스레할 것이며, 그의 눈은 놀라움과 동시에 감사의 의미로 휘둥그레질 것이고, 그의 부드러운 입에서는 한 줄기 침이 매달려 흔들릴 것이다. 그리고 우리 두 사람은 완전히 뒤엉켜, 어떻게 해야 행복해지는지를 아는 여자들이 기대가 충족될 때 짓는 표정을 한 채 함께 숨을 쉴 것이다. 그곳에서 우리 세 사람은 인내심을 갖고 조용히 기다릴 것이다. 욕망으로 끓어오른 우리를 꿈속에 가두고, 붓으로 우리를 화폭에 옮겨놓으며 우리를 창조해내고 있다고 믿을 미래의 예술가를.

6장

:

리고베르토 씨의 세정식

리고베르토 씨는 욕실로 들어가 문을 걸어 잠그고는 한숨을 내쉬었다. 순간적으로 안도와 함께 기대가 충족되었다는 편안하고 유쾌한 느낌에 휩싸였다. 이렇게 혼자 있는 삼십 분 동안 그는 행복에 젖을 것이다. 그는 매일 밤 행복했다. 때로는 그 시간이 조금 길기도 했고 때로는 조금 짧기도 했지만, 마치 자신의 걸작을 세심하게 다듬고 끈기 있게 공들이는 예술가처럼 그가 수년에 걸쳐 수행해온 이 꼼꼼한 의식은 단 한 번의 실패도 없이 언제나 기적적인 결과를 가져왔다. 그의 긴장을 풀어주었고 동료들과 화합하게 해주었으며, 그를 회춘시켰고 사기를 진작시켰던 것이다. 매번 그는 수많은 역경에도 불구하고 인생은 살 가치가 있다는 느낌을 가지고 욕실에서 나오곤 했다. 그래서 언제였는지는 모르지만, 평범한 사람들이 아무 생각 없이 기계적으로 행하는 일상적인 일—가령 이를 닦고 비누칠을 하는 등—을 비록 순간적일지라도 자신을 완벽한 존재로 만드는 세밀한 작업으로 바꿔야겠다고 생각한 이후 한 번도 그 의식을 게을리하지 않았다.

젊었을 때 그는 가톨릭행동대*의 열렬한 투사였으며, 세상을 바꾸고 싶어했다. 그러나 그는 모든 집단적 이상이 그렇듯 그것이 불가능한 꿈이며 실패로 끝날 수밖에 없다는 사실을 깨달았다. 그는 실용적인 정신의 소유자였고, 조만간 패배로 끝날 전쟁을 벌이는 것은 시간 낭비라고 결론지었다. 그러고는 그런 이상처럼, 완벽함을 공간과 시간 속의 특정한 일에 한정시킨다면 고립된 개인에게는 가능할지도 모른다고 생각했다. 가령 공간 속의 특정한 일로는 청소나 신체적 경건 혹은 에로티시즘의 실천 등이 있었고, 시간 속의 특정한 일로는 세정식과 잠자리에 들기 전에 하는 야간 배변 등이 있었다.

그는 가운을 벗어 문 뒤에 걸었다. 그리고 벌거벗은 채 실내화만 신고 변기로 가서 앉았다. 그 자리는 춤추는 사람들이 하늘색으로 그려진 코팅된 커튼으로 욕실의 나머지 부분과 나뉘어 있

---

* 평신도로 이루어진 가톨릭 조직으로 복음화를 목표로 한다.

었다. 그의 위는 스위스 시계처럼 엄격하고 정확했다. 보험증권과 그날 업무의 잔재에서 벗어나 행복하다는 듯 항상 이 시간만 되면 힘들이지 않고 내용물을 완전히 비워냈다. 그는 자기 인생에서 가장 비밀스러운 결심을 했는데, 너무나 비밀스러워서 루크레시아조차 그 결심을 정확하고 완전하게 알아채기 힘들 정도였다. 그 결심은 바로 매일 짧은 시간 동안이나마 완벽해지자는 것이었다. 한번 이 의식을 만들어 시행한 이후 그는 다시는 숨막힐 듯한 변비나 기운이 쭉 빠지는 설사 같은 증상을 겪지 않았다.

리고베르토 씨는 지그시 눈을 감고 가볍게 힘을 주었다. 그 정도의 힘만으로도 충분했다. 그는 즉시 직장에서 유익한 간지럼을 느꼈다. 그 안에서, 아랫배의 텅 빈 공간에서, 그의 의지에 복종하는 무언가가 나갈 준비를 했고, 이미 통로로 꿈틀거리며 나아갔고, 통로는 그것이 지나가는 것을 돕기 위해 확장되었다. 한편 항문은 넓어지기 시작하면서, 그것을 내뱉기 위한 작업을 준비했다. 그것을 뱉어낸 다음 항문은 마치 넌 이제 떠난 몸이야, 이 더러운 녀석아, 이제는 절대 돌아올 수 없어, 하고 비웃듯 수천 개의 잔주름으로 자기 자신을 단단히 닫아버리고 샐쭉거릴 것이었다.

리고베르토 씨는 만족스러운 미소를 지었다. '배변하다, 똥 누다, 오물을 배출한다는 성적 쾌감의 동의어가 아닐까?' 그는 생각했다. 그렇다, 그렇지 않을 이유가 없지 않은가? 전혀 서두르지 않고 느긋하게 그 일을 음미하며, 대장 근육에게 부드럽고 지속적인 떨림을 전해주고 천천히 정신을 집중해서 한다면 그렇지 않을 이유가 없었다. 그것은 조금씩 밀어내는 것의 문제가 아니라, 봉헌 제물이 출구를 향해 미끄러지도록 안내하고 정중히 호위하며 동행하는 것이었다. 리고베르토 씨는 다시 한숨을 쉬었고, 그의 오감은 신체 내부에서 벌어지고 있는 일에 정신을 빼앗겼다. 그 광경이 거의 눈에 보이는 듯했다. 항문의 이완과 수축 운동, 움직이는 체액과 덩어리들, 따스하고 조용한 육체의 어둠 속에 있는 모든 것이 보이는 것 같았다. 시시각각 둔탁하게 부글거리는 소리나 강력한 방귀가 내뿜는 즐거운 바람이 그 고요를 깨뜨리고 있었다. 마침내 그는 첫번째 봉헌 제물이 창자에서 빠져나와 변기의 물로 풍덩 하고 떨어지면서 물을 튀기는 소리를 들었다. 그것은 떠다니고 있을까, 아니면 가라앉고 있을까? 서너 덩이가 더 떨어질지도 몰랐다. 여덟 덩이가 떨어진다면 그건 그의 올림픽 신기록이었다. 만일 그렇다면 그것은 지방과 당분, 포도주와 독주와 함께 먹은 탄수화물이 살인적으로 혼합된 과도한 점심의 결과일 터였다. 일반적으로 그는 다섯 개의 봉헌 제물을 배출했다. 그리고 다섯번째 덩이가 나오면, 근육과 내장과 항문과 직장이 다시 본래의 위치에 돌아오도록 몇 초 기다렸다. 그러면 할 일을 완수했고 목표를 달성했다는 은밀한 기쁨이 샘솟았다. 그것은 그가 라 레콜레타 학교의 어린 학생이었을 때 죄를 고해하고 신부에게서 보속을 받았을 때 그를 사로잡았던 정신적 청결함과 똑같은 느낌이었다.

'하지만 배 속을 청소하는 것은 영혼을 청소하는 것보다 미심쩍은 게 훨씬 덜 하지.' 그는 생각했다. 그의 배 속은 지금 깨끗했다. 그건 의심의 여지가 없었다. 그는 다리를 살짝 벌리고 머리를 숙여 쳐다보았다. 초록색 도자기 변기에 반쯤 가라앉은 충충한 갈색의 원통 모양이 그 증거였다. 그 어떤 고해자가 지금의 그처럼 후회와 고백과 참회와 하느님의 자비로써 영혼에서 뽑아낸 유해한 오물을 보고 (만일 그가 진심으로 원한다 해도) 만질 수 있겠는가? 이제는 단지 믿음만 지닌 신자일 뿐이지만, 과거에는 그 역시 교회를 열심히 다녔던 독실한 신자였다. 그 당시 그는 자기가 아무리 세세히 고해하더라도 영혼의 벽에 아직도 더러운 무언가가 달라붙어 있다는, 참회를 해도 제거할 수 없는 지독하고 완고한 얼룩이 남아 있을 것이라는 의심을 결코 떨쳐 버리지 못했다.

그것은 강력하거나 불안을 동반하는 느낌은 아니었지만, 그는 어느 잡지에서 인도 불교 사원의 젊은 신참내기 수도승들이 배 속을 정화하는 방법에 관한 글을 읽은 이후 종종 그런 생각을 하게 되었다. 그 과정은 세 가지 체조로 이루어져 있었고, 밧줄 하나, 그리고 배설한 대변을 받을 대야가 필요했다. 그것은 둥근 원이나 성교처럼 완벽한 목적을 가진 행위였으며 단순하면서도 명쾌했다. 그 글을 쓴 벨기에인 요가 선생은 그 기술을 터득하기 위해 그들과 함께 사십 일간 연습했다. 그러나 신참내기 수도승들이 배설을 촉진하기 위해 했던 세 가지 체조에 관한 설명은 그 의식을 머릿속에 자세히 그려보거나 모방할 수 있도록 충분하게 나와 있지는 않았다. 요가 선생은 몸을 구부리고 비틀며 회전시키는 세 가지 운동을 통해 신참내기들이 먹은 채식의 모든 불순물과 잔존물이 위에서 용해된다고 확신하고 있었다. 리고베르토 씨는 다소 우울한 마음으로 그들의 박박 민 머리와 사프란색이나 눈처럼 흰 튜닉을 걸친 절제된 작은 몸을 상상했다. 이렇게 복부 세정 작업의 1단계가 끝나면, 젊은이들은 적절한 자세를 취했다. 그것은 바로 몸을 한쪽으로 유연하고 부드럽게 기울이고 다리를 가볍게 벌린 다음, 발바닥을 땅에 단단히 붙이고는 일 밀리미터도 움직이지 않는 것이었다. 그러는 동안 그들의 육체는 끝없이 이어지는 작은 벌레를 천천히 먹어 삼키는 뱀처럼, 꿈틀대는 수축 운동으로 그 밧줄을 삼켰다. 그러면 그 밧줄은 감겼다 풀렸다 하면서 축축한 내장의 미로를 향해 조용하고도 냉혹하게 나아갔고, 밖으로 빠져나간 봉헌 제물이 남겨둔 모든 찌꺼기와 앙금, 들러붙어 있던 것들과 사소한 것들과 이상 생성물을 모두 아래로 밀어냈다.

소총 총신을 리머로 청소하듯 자신들의 몸을 정화하는 거야. 그는 다시 한번 부러움에 사로잡혔다. 그러고는 그 어둡고 구불구불한 내부를 돌아다니며 깨끗이 청소하고 엉덩이의 통렬한 작은 눈을 통해 세상으로 귀환하는 밧줄의 조그맣고 지저분한 머리와, 그것이 마치 찌부러진 색테이프처럼 나와 대야로 떨어지는 걸 상상해보았다. 밧줄은 자신과 함께 나온 배설물과 함께 그 누구도 사용할 수 없는 상태가 되어 그곳에 남을 것이다. 그리고 이내 그것은 화형당할 것이다. 그 젊은이들은 얼마나 개운한 느낌을 받았겠는가! 몸은 또 얼마나 가벼워졌겠는가! 그들은 정말로 모든 불결한 것에서 해방되지 않았을까? 그는 결코 그것을 따라할 수 없었다. 적어도 그런 경험만큼은. 그러나 리고베르토 씨는 그들이 내장 청소 기법에서는 자신보다 낫다 해도 나머지 부분에서는 모두 그의 세정식이 그 외국의 신참내기들과는 비교할 수 없을 정도로 더 면밀하고, 기술적으로도 더 정확하다고 자신했다.

그는 마지막 힘을 주었다. 만일에 대비해 소리가 나지 않게 조심했다. 문헌학자인 마르셀리노 메넨데스이펠라요*가 만성 변비로 고생했고, 그래서 인생의 상당 부분을 산탄데르에 있는 집의 변기에 앉아 힘을 주면서 보냈다는 일화가 사실일까? 사람들은 리고베르토 씨에게 유명한 역사가이자 시인이며 비평가의 집이었고 이제는 박물관이 된 그곳에 마르셀리노 메넨데스 씨가 손수 주문한 휴대용 책상이 있다고 말해주었다. 그 책상은 메넨데스 씨가 기름지고 푸짐한 스페인 음식의 찌꺼기를 내놓지 않으려고 애쓰는 인색한 위장과 맞서 싸우는 동안 연구와 우아한 글씨체에 영향받지 않도록 제작한 것이었다. 리고베르토 씨는 그토록 명석한 두뇌와 강한 종교적 신념을 지닌 건장한 지식인이 수세식 변기에 몸을 웅크리고 있는 모습을 상상하는 순간 감동을 느꼈다. 마르셀리노 씨는 아마도 뼛속을 파고드는 산속의 추위를 이겨내기 위해 무릎 위에 두꺼운 격자무늬 담요를 덮은 채, 여러 시간에 걸쳐 힘을 주고 또 힘을 주었을 것이다. 리고베르토 씨는 낡은 이절판 책들과 먼지로 뒤덮인 스페인 역사의 요람기를 불굴의 의지로 탐구하고 조사하면서 이단과 불경한 행위, 종교 분열, 신성모독과 교리적 오류를 연구하고 분류하는 마르셀리노 씨를 머릿속으로 그렸다.

그는 화장지 네 칸을 두겹으로 접어 밑을 닦고 변기 물을 내렸

---

* 스페인 문학사, 문학비평에 평생을 바친 저명한 스페인 학자.

다. 그러고는 비데로 가 앉은 뒤 따뜻한 물로 가득 채우고, 자기의 항문과 음경과 고환, 사타구니와 엉덩이에 지나치다 싶을 정도로 세심하게 비누칠을 했다. 그러고 나서 비눗물을 헹구고는 깨끗한 수건으로 물기를 닦았다.

오늘은 화요일, 발의 날이었다. 그는 일주일을 나누어 서로 다른 신체기관과 손발에 배정해놓았다. 월요일은 손의 날이었고, 수요일은 귀의 날이었다. 목요일은 코의 날, 금요일은 머리카락의 날이었다. 그리고 토요일은 눈의 날이었고, 일요일은 피부의 날이었다. 그는 이렇게 매일 다른 요소로 밤의 의식을 치르며 무언가 탈바꿈되고 재편되었다는 기분을 느꼈다. 매일 밤 신체의 한 부위에 집중하면서 보다 철저하고 세심하게 닦고 깨끗하게 보존하는 일을 수행했던 것이다. 그렇게 하면서 그 부위를 잘 알게 되었고 더욱 사랑하게 되었다. 각 기관과 부위에 하루씩 공을 들임으로써 그는 신체를 전체적으로 보살피는 데 있어 완전한 공평성을 보장했다. 각 부위와 몸 전체를 세세하게 다루고 고려하는 데 있어 편애하거나 뒤로 미루거나, 혹은 혐오스러운 순위를 정하는 법이 없었다. 그는 생각했다. '내 육체는 바로 그런 불가능성, 즉 공평한 사회지.'

그는 세숫대야에 따뜻한 물을 가득 담은 다음, 변기 뚜껑 위에 앉아 꽤 오랫동안 발을 담갔다. 뒤꿈치와 발바닥, 발가락과 발목과 발등의 부기를 가라앉히고 피로를 풀기 위해서였다. 그는 무좀이 있지도 않았고 평발도 아니었지만, 그의 발등은 보기 드물게 솟아올라 있었다. 하지만 상관없었다. 그것은 임상검사를 해야 겨우 알아챌 정도의 극히 미세한 기형에 불과했기 때문이다. 크기와 비율, 발가락과 발톱의 모습, 발의 해부학적 구조나 학명, 이 모든 것은 어느 정도 정상적인 것처럼 보였다. 위험은 가끔씩 발을 추하게 만드는 티눈과 굳은살에 있었다. 그러나 그는 항상 적절한 때 어떻게 그런 악을 뿌리 뽑아야 하는지 잘 알고 있었다.

그는 이미 각질 제거용 부석을 준비해놓았다. 왼발부터 시작했다. 신발과 가장 많이 닿는 뒤꿈치 위쪽에 각질이 생겨나 있었다. 손으로 만져보니 회반죽을 칠하지 않은 벽처럼 거칠었다. 그는 각질이 완전히 사라질 때까지 부석으로 뒤꿈치를 문지르고 또 문질렀다. 그리고 얼마 후 기쁘고 만족한 기분으로 뒤꿈치 주변이 다시 광이 나고 부드러워진 것을 확인했다. 비록 그의 손가락은 다른 티눈이나 굳은살이 나타나고 있다는 징조를 탐지하지 못했지만, 그는 양쪽 발바닥과 발등 그리고 발가락을 세심하게 부석으로 문질렀다.

그런 다음 미리 준비해놓은 가위와 줄로 발톱을 깎고 줄질을 시작했다. 그가 가장 즐기는 일이었다. 그곳에서 제거해야 할 위험 요소는 살로 파고드는 발톱이었다. 그는 이를 해결하는 확실한 방법을 알고 있었다. 끈기 있는 관찰과 실용적인 상상력 덕분이었다. 그 방법은 발톱을 반달 모양으로 자르되 양끝 부분은 그냥 놔두는 것이었다. 그러면 발톱이 살 위로 불거져 나와 살 속으로 파고드는 일은 결코 없다. 그러면 발톱은 사라센 양식의 초승달 모양이 되어 손질이 쉬웠다. 줄 끝부분이, 때가 끼어 있거나 땀에 젖어 있거나 혹은 불순물이 숨어 있는 발톱과 살 사이의 작은 구멍이나 일종의 홈으로 쉽게 들어갈 수 있기 때문이었다. 그는 발톱을 깎아 버린 뒤 줄질을 하고, 마찰과 환기 부족과 땀으로 인해 발과 발톱 사이의 좁은 틈에 끼여 있는 그 신비스럽고 희끄무레한 것들이 없어질 때까지 조심스럽고 집요하게 후볐다.

작업이 끝나자, 그는 다정하면서도 만족스러운 표정으로 자기 발을 바라보며 마사지했다. 그러고는 화장지 위에 한데 모아 두었던 각질과 찌꺼기를 변기에 버리고 물을 내렸다. 그런 다음 발에 비누칠을 한 뒤 아주 정성스럽게 헹구었다. 발의 물기를 닦은 다음, 그는 새벽의 헬리오트로프*처럼 은은하면서도 남성적인 향기를 풍기는, 눈에 보이지 않을 정도로 곱디고운 탤컴파

---

* 지칫과에 속하는 다년생 풀로 페루가 원산지이다.

우더*를 뿌렸다.

의식을 마무리하기 위해 빼놓을 수 없는 순서가 남아 있었다. 바로 입과 겨드랑이였다. 그는 작업에 필요한 모든 시간을 들여 그 부위에 오감을 집중했다. 하지만 그 의식을 너무나 완벽히 숙달한 터라 신경을 약간 분산시켜 미학 원칙에도 얼마간은 돌릴 수 있었다. 그 원칙이란 것은 일주일의 각 요일마다 달랐고, 밤에 그가 아무도 몰래 직접 만든 설명서와 규정집 혹은 계명에서 뽑아낸 것이었다. 이런 원칙은 세정을 통해 그의 특별한 종교이자 유토피아를 구현시키려는 개인적인 방법이었다.

그는 하얀 줄무늬가 있는 황토색 대리석 위에 구강 봉헌 제물을 올려놓았다. 물 한 컵과 치실, 치약, 칫솔이었다. 그러고는 그가 가장 확고하게 믿는 원칙 중 하나를 선택했다. 그가 만든 이후 한번도 의심해보지 않았던 원칙이었다. "빛나는 것은 모두 추하다. 특히 빛나는 사람들이 그렇다." 그는 물을 한 모금 가득 머금은 다음, 잇몸이나 치아 사이에 살짝 끼어 있는 찌꺼기를 제거하기 위해 힘차게 입안을 헹구면서, 거울을 통해 자기의 뺨이 어떻게 부풀어 오르는지 쳐다보았다. '빛나는 도시와 빛나는 그림, 빛나는 시와 빛나는 파티와 경치, 빛나는 사업과 논문 들이

---

* 활석 가루에 봉산, 향료 따위를 섞어 만든 화장용 파우더. 주로 땀띠약으로 쓴다.

있어.' 그는 생각했다. 그것들이 아무리 화려한 색깔로 인쇄된 지폐 같거나 관광지에서 파는 열대음료처럼 온갖 과일과 작은 삼각 깃발로 장식되고 옥수수시럽처럼 달콤하더라도, 약세 통화와 같은 것이기 때문에 피해야만 한다고.

그는 양손의 엄지와 검지로 이십 센티미터 길이의 치실을 들고 있었다. 그는 앞니를 출발점으로 삼아, 항상 윗니부터 시작해 오른쪽에서 왼쪽으로, 그다음에 다시 왼쪽에서 오른쪽으로 치실을 사용했다. 그는 치실을 윗니의 좁은 틈으로 집어넣어 잇몸에 닿을 때까지 들어올렸다. 그곳이 바로 항상 빵 부스러기나 고기 조각, 야채의 섬유질, 과일 껍질 들이 끼는 장소였다. 그는 어린 아이처럼 기쁘고 들뜬 표정으로 노련하게 치실을 놀려 그 불법적인 찌꺼기들이 빠져나와 모습을 드러내는 것을 보았다. 그는 그것들을 세면대에 뱉고는 그것들이 수도꼭지에서 쏟아진 물이 일으키는 조그만 소용돌이에 휩쓸려 배수관 속으로 사라지는 것을 보았다. 그러는 동안 그는 생각했다. '빛나는 머리카락은 우둔한 머리에 덮여 있거나 멀쩡한 사람도 우둔하게 만들어버리지. 스페인어에서 가장 추한 말은 바로 머리카락을 반짝거리게 만드는 포마드야.' 윗니를 후벼내는 작업이 끝나자, 그는 다시 입안을 행구고 흘러나오는 수돗물에 치실을 닦았다. 그런 다음 동일한 강도와 기술로 아랫니와 어금니 청소를 시작했다. '빛나는 대화도 있고 빛나는 음악도 있고, 꽃가루 알레르기와 통풍, 우울증과 스트레스와 같은 빛나는 질병도 있어. 물론 반짝반짝 빛나는 다이아몬드도 있지.' 그는 다시 한번 입안을 헹구고 치실을 쓰레기통에 버렸다.

이제는 치약으로 이를 닦을 차례였다. 그는 칫솔을 위아래로 천천히 움직이면서 이를 닦았다. 그리고 칫솔을 세게 눌러 칫솔모가―자연모로, 결코 인공모를 쓰지 않는다―치실 작업에서 살아남은 음식물 찌꺼기를 찾아 치아 사이의 은밀한 공간으로 들어갈 수 있도록 했다. 먼저 그는 안쪽을 닦고, 그다음 바깥쪽을 닦았다. 마지막으로 입안을 헹구자, 입에서 박하와 레몬 향의 기분 좋은 느낌이 퍼졌다. 너무나 상쾌하고 시원해서, 마치 누가 갑자기 잇몸과 입천장으로 이루어진 그 공간에 선풍기를, 아니 에어컨을 틀어놓은 것 같았고, 그의 이와 어금니가 단단하고 무감각한 뼈가 아니라 입술처럼 예민해진 것 같았다. '내 치아는 반짝거려.' 그는 다소 걱정스럽게 생각했다. '그래, 이건 법칙에는 언제나 예외가 있다는 것을 확인해주는 것인지도 몰라.' 그는 계속 생각했다. '장미처럼 빛나는 식물도 있는 법이야. 앙고라 고양이처럼 빛나는 동물도 있는 거라고.'

갑자기 그는 벌거벗은 채 앙고라 고양이 열두 마리와 장난을 치고 있는 루크레시아를 상상했다. 고양이들은 굴곡진 그녀의 사랑스러운 육체에 몸을 비벼대면서 야옹야옹 울고 있었다. 그러자 너무 일찍 발기될지도 모른다는 두려움에 사로잡혀, 그는 서둘러 겨드랑이를 닦았다. 그는 하루에도 몇 번씩 겨드랑이를 닦았다. 아침에 샤워할 때, 점심때 점심을 먹으러 나가기 전 보험회사 화장실에서도 닦았다. 그러나 그가 그토록 의식적으로 그리고 동시에 완전히 즐기면서 닦는 것은 지금처럼 야간 의식을 행할 때뿐이었다. 즉 금지된 쾌락과 관련될 경우에 말이다. 먼저 그는 따뜻한 물로 겨드랑이와 팔을 닦으면서, 혈액순환을 돕기 위해 힘껏 문질렀다. 그런 다음 세면대에 뜨거운 물을 가득 받고 물 표면에 거품이 일 때까지 향기 나는 비누를 풀었다. 그는 따뜻하고 기분 좋은 물에 양팔을 차례로 담갔고, 비눗물에 검고 곱슬곱슬한 털을 엉키게 했다가 풀었다가 하면서 천천히 다정스럽게 겨드랑이를 문질렀다. 그러는 동안에도 그는 계속 생각에 잠겨 있었다. '장미향이나 장뇌향처럼 빛나는 향기도 있어.' 마침내 그는 수건으로 겨드랑이를 닦고 아주 은은한 향의 오드콜로뉴를 발랐다. 바닷물에 젖은 살 냄새 혹은 화초 온실을 지나치면서 진한 꽃향기를 머금은 바닷가의 산들바람 냄새를 풍기는 향이었다.

'나는 완벽해.' 그는 거울을 보고 향기를 맡으면서 생각했다. 그의 이런 생각에는 허영심이라고는 한 치도 들어 있지 않았다.

이렇게 공들여 자신의 육체를 가꾸는 목적은 보다 근사하게 보이거나 아니면 보다 덜 추하게 보이려는 것이 아니었다. 거의 대부분 무의식적이긴 하지만, 그렇게 자신을 단장하는 것은 그가 경멸하는 사교적 규범에 대한 경의의 표시가 아니었다. 사실 사람들은 다른 사람들에게 '근사하게' 보이려고 그렇게 하는 게 아닐까? 하지만 그의 목적은 이런 식으로라도 모든 걸 손상시키는 시간의 잔인한 작업을 어느 정도 멈추게 하고, 짓궂고 경멸스러운 자연이 이 세상에 존재하는 모든 것에 요구하는 치명적인 노화를 지연시키거나 통제하는 것이었다. 전투를 벌이는 듯한 이런 느낌은 그의 영혼을 즐겁게 해주었다. 그러나 그것만이 아니었다. 결혼한 이후부터는 루크레시아 모르게 아내를 위해 자신의 육체적 쇠약과도 싸우고 있었다. '오리아나를 위해 싸우는 아마디스* 같아.' 그는 생각했다. '이건 당신과 나를 위해서야, 여보.'

불을 끄고 욕실에서 나오면, 몸이 달아오른 아내가 침대에서 반쯤 졸며 그를 기다리다 그의 애무에 흥분하여 정신을 차리고 바로 깨어날 것이라 생각하니 머리끝에서 발끝까지 찌르르 전기가 통하는 것 같았다. "당신은 이제 마흔 살이 되었지만 그 어느

---

* 16세기 스페인에서 유행했던 방랑하는 기사 이야기의 대표작 『골 지방의 아마디스』에 나오는 주인공.

때보다도 아름다워." 그는 문으로 다가가면서 중얼거렸다. "사
랑해, 루크레시아."

　욕실이 어둠에 잠기기 직전, 그는 화장대 거울을 보고 깨달았
다. 그의 뜨거운 감정과 달콤한 상상이 자신을 갑자기 인간의 모
습에서 어떤 호전적인 실루엣으로, 즉 중세 신화의 경이로운 동
물인 유니콘과 닮은 실루엣으로 바꾸어놓았다는 사실을.

7장

⋮

아모르와 오르간 연주자와
함께 있는 베누스

[3]

그녀는 이탈리아의 여인이자 유피테르의 딸이며 그리스 여신 아프로디테의 자매인 베누스다. 오르간 연주자가 그녀에게 음악을 가르친다. 내 이름은 아모르, 사랑이다. 작고 부드러우며 장밋빛 피부에 날개가 달린 나는 나이는 천 살이고 잠자리처럼 순결하고 정숙하다. 창문으로 보이는 수사슴, 공작새 그리고 노루는 팔짱을 끼고 포플러 가로수 길 그늘 아래를 산책하고 있는 한 쌍의 연인만큼이나 생기 넘친다. 반면에 분수의 사티로스—맑고 투명한 물이 흰 석고 물동이에서 그의 머리 위로 흘러내리고 있다—는 살아 있지 않다. 그것은 프랑스 남부 출신의 유능하고 솜씨 좋은 예술가가 만든 토스카나산 대리석 조각이다.

우리 세 사람은 마치 바위 사이로 노래하며 산을 내려오는 개울물 소리나 아프리카 상인이 우리의 주인인 리고베르토 씨에게 팔아버린 앵무새가 지껄이는 소리처럼 생동감 넘치고 쾌활하다. (사로잡힌 동물들은 지금 정원의 우리에서 느른해하며 따분해한다.) 해가 지기 시작했고, 곧 밤이 될 것이다. 밤이 납빛 넝마를 걸치고 도착할 무렵 오르간은 조용해질 것이고, 나와 음악 선생은 여기에 보이는 모든 것의 주인이 이 방으로 들어와 자기 아내를 소유하도록 자리를 떠야 할 것이다. 그때가 되면, 우리의 의지와 훌륭한 작업 덕택에 베누스는 이내 주인의 신분과 재산에 걸맞게 그를 맞이하고 즐겁게 해줄 준비가 되어 있을 것이다. 다시 말해 화산처럼 뜨겁게, 뱀처럼 관능적으로, 그리고 응석받이 앙고라 고양이처럼 오만하게.

젊은 음악 선생과 나는 즐기기 위해서가 아니라 일을 하기 위해 이곳에 있다. 하지만 사실대로 말하면, 우리가 전심을 다해 잘 이루어놓은 모든 것은 쾌락으로 변한다. 우리의 임무는 잿더미가 되어버린 그녀의 오감을 하나하나 되살려 그것들이 다시 화염이 되게 하고, 금발로 뒤덮인 그녀의 머리를 추잡한 환상으로 가득 채워 그녀를 육체적 기쁨으로 불타오르게 만드는 것이다. 리고베르토 씨는 우리가 그녀를 그런 상태로 만들어서 건네주는 걸 좋아한다. 그는 그녀가 탐욕으로 뜨겁게 달아오르고, 그녀의 도덕적, 종교적 가책이 일시 중지되어 마음과 육체가 욕망으로 꽉 차는 것을 좋아한다. 그 작업은 구미가 당기긴 하지만, 결코 쉽지 않은 일이다. 본능적인 분노를 영혼의 섬세함과 마음의 부드러운 애정과 조화를 이루게 하기 위해서는 인내와 지혜와 능숙한 솜씨가 필요하기 때문이다.

교회에나 어울릴 법한 오르간의 반복적인 선율은 이런 일에 안성맞춤이다. 일반적으로 미사와 성가와 밀접하게 연결된 오르간은 하찮고 유한한 존재인 인간을 음악에 흠뻑 젖게 하여 육욕에 빠지지 않게 하고 심지어 육체에서 해방시켜준다고 여겨진다. 그러나 그건 완전히 잘못된 생각이다. 실제로 오르간은 미칠 정도로 무기력하고 낮게 웅얼거리는 소리를 낸다. 그래서 기독교인을 세상과 위험에서 분리시키고 그의 영혼을 고립시켜 매우 다르고 특별한 것을 향해 나아가도록 한다. 그렇다. 그 특별한 것이란 대부분의 경우에 하느님과 구원을 말한다. 그러나 한편으로는 쾌락이라는 맑고 투명한 단어로 표현되는 죄와 파멸, 육욕 같은 혐오스러운 것들을 말하기도 한다.

오르간 소리는 주인마님을 진정시키고 그녀의 마음을 가라앉힌다. 환희와 유사한 무기력한 부동성이 그녀를 사로잡는다. 그러면 그녀는 살며시 눈을 감고 더욱 열심히 오르간 선율에 정신을 집중한다. 그 선율이 엄습해오면 그녀는 걱정과 그날의 사소한 일들을 마음에서 떨쳐버리고 청각, 즉 순수한 감각이 아닌 모든 것을 비워버린다. 그렇게 시작한다. 음악 선생은 모호한 음악을 골라 전혀 서두르지 않고 부드럽고 감동적인 크레셴도로 경쾌하면서도 거침없이 연주한다. 그러면 그 음악은 성 베르나르두스*의 금욕적 규칙 아래 있는 엄격한 피정으로, 그리고 이내이교도의 사육제로 변하는 거리의 행렬로 우리를 슬그머니 데려간다. 그러고는 조바꿈 하나 없이 어느 대수도원의 그레고리오성가나 수많은 추기경들이 참석한 어느 대성당의 노래 미사로 데려가고, 마지막으로 교외의 대저택에서 펼쳐지는 문란한 가장무도회로 데려간다. 포도주는 넘쳐흐르고, 정원의 정자에는 수상쩍은 움직임이 보인다. 음탕한 배불뚝이 노인의 무릎에 앉아 있는 아름다운 여자가 갑자기 가면을 벗는다. 그녀는 누구일까? 마구간의 젊은 남자아이 중 하나다! 아니, 남자의 음경과 여자의 가슴을 지닌 마을의 어느 바보다!

우리 주인마님은 이런 일련의 모습을 본다. 내가 그녀의 귀에 대고 음악에 맞추어 부드럽고 사악한 목소리로 적절하게 설명해주기 때문이다. 나는 해박한 지식으로 내 공범인 오르간 음색을 도발적인 형태와 색깔과 그림과 행동으로 옮겨놓는다. 그것이 지금 내가 그녀의 뒤 약간 높은 자리에 앉아 매끄럽고 작은 얼굴

---

* 프랑스의 신학자. 피정의 의미에 관해 "전적으로 홀로 들어가라, 홀로 머물러라, 그리고 다른 사람이 되어 나오라"는 말을 한 것으로 유명하다.

을 마치 그녀의 어깨 위에 달린 귀처럼 그녀 쪽에 갖다대고 하고 있는 일이다. 나는 그녀에게 추잡한 이야기를 들려준다. 그녀를 즐겁게 해주고 그녀를 웃게 만드는 꾸며낸 이야기, 그녀를 놀라게 하고 흥분시키는 놀라운 이야기들 말이다.

음악 선생은 단 한순간도 오르간 연주를 멈출 수 없다. 그의 목숨은 연주에 달려 있다. 리고베르토 씨는 그에게 이렇게 경고했었다. "한순간이라도 그 주름 상자가 멈추어 바람을 내보내지 않으면, 네가 그녀를 만져보고 더듬어보려는 유혹에 굴복한 것으로 이해하겠다. 그러면 네 심장에 이 단도를 박아 시체를 사냥개들에게 던져줄 것이다. 젊은이, 그러면 우리는 이제 네 마음속에서 어떤 것이 더욱 강력한지 알게 될 것이다. 아름다운 내 여인에 대한 욕망인지, 아니면 네 목숨에 대한 집착인지." 물론 말할 필요도 없이 그에게는 목숨에 대한 집착이 더욱 강하다.

그러나 건반을 누르고 있는 한 그는 그녀를 바라볼 권리를 가지고 있다. 그 특권에 그는 영광스러워하며 크게 기뻐하고, 스스로를 군주나 신처럼 느낀다. 그는 달콤한 쾌감을 느끼며 그 특권을 한껏 누린다. 게다가 그의 시선은 내가 일을 보다 쉽게 할 수 있도록 도와주고 보완해준다. 주인마님이 수염도 나지 않은 그 풋내기의 눈에서 자신에게 바치는 열정과 경의를 눈치채고, 자신의 육감적인 하얀 육체의 곡선이 감수성 예민한 청년에게 뜨거운 욕망을 일으키고 있다는 사실을 직관적으로 깨달으면서, 깊은 감동을 받고 탐욕스러운 기분에 사로잡혀버리기 때문이다.

무엇보다 오르간 연주자가 그녀의 그곳을 뚫어지게 응시할 때 그렇다. 젊은 음악가는 베누스의 은밀한 은신처에서 무엇을 찾는 것일까? 또 무엇을 구하는 것일까? 그의 순결하고 깨끗한 눈동자는 무엇을 꿰뚫어보려는 것일까? 말끔히 정리된 음모의 숲이 그늘을 드리운, 실개울처럼 작고 푸른 핏줄이 얽혀 있는 투명한 피부의 삼각주 안의 무엇이 그토록 강력하게 그를 매혹시키는 것일까? 나는 그게 무엇인지 말할 수 없다. 그도 마찬가지일 거라고 생각한다. 거기에는 운명이나 마법처럼 강렬한 힘을 가지고 매일 저녁 그의 눈을 사로잡는 것이 있다. 그것은 햇빛이 비치는 베누스의 작은 언덕 기슭, 비밀스러운 이슬을 맞아 탄력 있고 불그스레하며 축축해진 주인마님의 둥근 허벅지에 둘러싸여 보호받고 있는 부드러운 외음부 속에 생명과 쾌락의 샘물이 솟아나고 있다는 사실을 짐작하게 하는 무언가이다. 이제 곧 우리의 주인 리고베르토 씨는 그 안에서 신의 음료를 마시기 위해 몸을 숙일 것이다. 오르간 연주자는 자신이 그 음료를 마실 수 없다는 사실을 잘 알고 있다. 조만간 도미니크회 수도원에 들어갈 것이기 때문이다. 그는 아주 어렸을 때부터 하느님의 부름을 받은 독실한 청년이다. 그 누구도 그 무엇도 그를 사제직에서 떼어낼 수 없다. 그의 고백에 따르면, 황혼 녘의 파티로 인해 그가 식은땀을 흘리고, 여자의 젖꼭지와 엉덩이를 가진 악마들로 가득한 꿈을 꾸기도 하지만, 그것들이 그의 종교적 소명을 악화시키지는 않았다. 정반대로 그것들은 그에게 스스로의 영혼을 구하고 다른 사람들이 그들의 영혼을 구하는 걸 돕기 위해서는 이 세상의 허세와 육체적 쾌락을 포기할 필요가 있다는 사실을 더욱 확인해주었다. 그가 그토록 집요하게 여주인의 고불고불한 정원을 쳐다보는 이유는, 아마도 단지 스스로 시험에 들어 자기는 유혹을 견딜 수 있으며 심지어 유혹 중에서도 가장 사악한 악마인 우리 여주인이 가진 불후의 육체까지도 이겨낼 수 있다는 사실을 하느님에게 증명해 보이고자 하는 것일지도 모른다.

그녀나 나나 둘 다 도덕적 딜레마나 양심을 가지고 있지 않다. 나는 이교도의 작은 신인 데다 실제로 존재하지 않기 때문이다. 나는 단지 사람들의 상상 속에서만 존재한다. 또 그녀는 순종적인 아내이고, 무엇 하나 빠짐없이 모든 걸 계획하는 남편을 존경하며, 따라서 부부의 오붓한 밤이 예정된 이런 저녁 모임을 거부하지 않는다. 그녀는 기독교인의 아내라면 으레 그래야 하는 것처럼 주인의 의지에 고분고분 따르는 여인이다. 만약 이런 관능적인 사랑의 축제가 죄악이라면, 단지 개인적 쾌락을 위해 그런 축제를 생각해내고 지시하는 사람의 영혼만 더럽히는 셈이 될 것이다.

공들여 매만진 우리 주인마님의 우아한 머리 스타일은 리고베르토 씨가 연출한 또 하나의 장관이다. 웨이브를 넣고 머리 타래를 느슨하게 올려 묶거나 내려뜨려 교태를 부린, 이국적인 진주를 달아 장식한 머리였다. 그는 미용사들에게 정확한 지시를 내렸고, 매일 장교가 자기 부대원을 점호하고 검열하듯, 내 여주인이 지참금으로 가져온 보석들이 제대로 치장되어 있는지 점검하면서 그날 밤 그녀의 머리카락 위에서 반짝일 것과 그녀의 목에 걸릴 것, 그리고 그녀의 반투명한 귀에 매달릴 것과 그녀의 손가락과 손목에 끼워질 보석을 골랐다. "당신은 당신이 아니라 내 환상이야." 그녀는 그가 자신과 사랑을 나눌 때마다 이렇게 속삭인다고 말한다. "오늘 당신은 루크레시아가 아니라 베누스가 될 거야. 오늘 당신은 페루 여자에서 이탈리아 여자가 될 거고 속세의 피조물에서 여신이자 상징이 될 거야."

아마도 리고베르토 씨의 정교한 상상 속에서는 그녀가 그런 존재가 될지도 모른다. 하지만 그녀는 가지에 피어난 한 송이 장미나 노래하는 새처럼 실제로 존재하고 구체적으로 살아 있는 존재이다. 그녀는 아름다운 여자일까? 그렇다. 더없이 아름답다. 그녀의 본능이 깨어나기 시작한 지금은 특히 그렇다. 그 본능은 길게 늘어지는 오르간의 음색과 악사의 떨리는 시선, 내가 정제하여 그녀의 귀에 들려주는 뜨거운 퇴폐 행위의 멋진 연금술로 되살아난다. 그녀의 가슴 위에 올려진 내 왼손은 그녀의 피부가 어떻게 점점 긴장하며 뜨거워지는지 느낀다. 그녀의 피가 끓기 시작한다. 이때가 바로 그녀가 절정에 도달하는 순간이다. 보다 점잖게 말하자면, 철학자들은 절대적이라고 부르고 연금술사들은 실체 변화라고 부르는 시간이다.

그녀의 육체를 가장 잘 요약해주는 단어는 바로 '부풀다'라는 말이다. 나의 외설적인 이야기 덕분에 감정이 솟구친 나머지 그녀의 모든 것이 곡선이 되어 부풀고 굽이쳐 올라가며 적절하게 부드러워진다. 그것이 바로 훌륭한 취향의 사람이 사랑을 나눌 때 자기 파트너가 지녔으면 하고 바라는 단단함의 정도이다. 즉 넘쳐흐를 것 같지만 마치 잘 익은 과일이나 갓 치댄 밀가루 반죽처럼 탱탱하고 유연하며 탄력성을 유지하는 부드럽고 풍부한 육체. 이탈리아 사람들은 그런 부드러운 느낌을 '모르비데차'라고 부르는데, 이 말은 빵에 쓰일 때조차 음탕하게 들린다.

이제 그녀의 내부도 불타오르고 있고, 그녀의 조그만 머리는 음탕한 장면들로 반짝거리고 있다. 나는 그녀의 등으로 올라가 매끄러운 그녀의 육체 위에서 뒹굴며 날개로 적절한 부위를 간질이고, 따스한 베개 같은 그녀의 배 위에서 행복한 강아지처럼 어리광을 부릴 것이다. 짐짓 꾸민 듯한 나의 이런 행동은 그녀를 웃게 하고 그녀의 몸에 불을 지펴 뜨거운 불덩이로 만든다. 내 기억은 곧 들려올 그녀의 웃음소리를 미리 듣는다. 그것은 오르간의 신음 소리를 잠재우고 젊은 선생의 입술 사이로 침이 흘러나오게 하는 웃음이다. 그녀가 웃으면 그녀의 젖꼭지는 딱딱해지고, 눈에 보이지 않는 입이 빨기라도 하듯 오뚝 솟아오른다. 그리고 복부 근육은 바닐라 향을 풍기는 부드러운 피부 아래에서 가늘게 떨리면서, 훌륭한 보물인 습하고 따스한 그녀의 은밀한 부위를 넌지시 떠올리게 한다. 그 순간 내 들창코는 오래 숙성돼 시큼해진 치즈 냄새 같은 그녀의 은밀한 애액 냄새를 맡을 수 있다. 이런 사랑의 고름이 풍기는 냄새를 맡으면, 리고베르토 씨는 미쳐버린다. 그녀가 해준 이야기에 따르면, 그는 기도하듯이 무릎을 꿇고 그것을 빨아들이고, 더없는 행복에 취할 때까지 들이마신다. 리고베르토 씨는 이것이 이 도시의 마법사나 뚜쟁이들이 더럽고 역한 물질로 만들어 연인들에게 팔고 다니는 그 모든 묘약보다도 더 훌륭한 흥분제라고 주장한다. 그녀는 리고베르토 씨가 사랑에 취해 풀려버린 입으로 이렇게 말했다고 이야기해주었다. "당신이 이런 냄새를 풍기는 한 나는 당신의 노예가 될 거야."

곧 문이 열리고, 우리는 카펫 위를 걸어오는 리고베르토 씨의 조용한 발소리를 듣게 될 것이다. 그리고 그는 이내 이 침대의 베갯머리로 모습을 드러내 우리 두 사람, 즉 나와 음악 선생이 천하고 보잘것없는 현실을 화려하게 반짝이는 환상으로 잘 뒤바꿔놓았는지 확인할 것이다. 주인마님의 웃음소리를 듣고 그녀를 보고 그녀의 냄새를 맡으면서, 그는 어느 정도 되었다는 것을 알게 될 것이다. 그러면 그는 우리에게 일을 제대로 했다는 것을 의미하는 제스처를 거의 알아차릴 수 없을 정도로 살짝 취할 것이다. 그것은 곧 우리에게 이곳을 떠나라는 지시이다.

오르간은 더이상 소리를 내지 않을 것이다. 음악 선생은 깊이 머리를 조아리며 오렌지 밭으로 나갈 것이고, 나는 창문을 뛰어넘어 날개를 펼치고 활짝 펼쳐진 하늘의 향기로운 어둠 속으로 곡예를 부리며 날아오를 것이다.

침실에는 그들 두 사람, 그리고 그들이 다정스럽게 사랑을 나누는 소리만 남을 것이다.

8장

．
．
．

그의 눈물에서 나온 소금기

후스티니아나는 눈을 받침 접시처럼 휘둥그렇게 뜨고 격렬하게 몸을 놀렸다. 그녀의 손은 마치 풍차의 날개 같았다.

"알폰소가 자살하겠대요! 마님이 더이상 그를 사랑하지 않는다고요!" 그녀는 두려움에 질려 눈을 깜빡거리면서 소리쳤다. "마님에게 작별 편지를 쓰고 있어요."

"도대체 그게 무슨 뚱딴지 같은 소리야……?" 루크레시아 부인은 말을 더듬으며 화장대 거울로 그녀를 바라보았다. "그 바보 같은 머리로 엉뚱한 생각을 하는 건 아니겠지, 후스티니아나?"

그러나 하녀의 표정이 너무도 진지해, 눈썹을 뽑고 있던 루크레시아 부인은 그만 족집게를 바닥에 떨어뜨렸다. 그리고 더는 묻지 않은 채 계단을 뛰어 내려갔다. 그 뒤를 후스티니아나가 쫓아왔다. 아이의 방문은 굳게 잠겨 있었다. 새엄마는 손으로 문을 두드렸다. "알폰소, 알폰소!" 아무 대답도 없었고, 방 안에서는 아무 소리도 들리지 않았다.

"폰치토! 폰치토!" 루크레시아 부인은 끈덕지게 아이의 이름을 부르면서 다시 문을 두드렸다. 등골이 오싹했다. "문 열어! 괜찮니? 왜 아무 대답도 하지 않는 거야? 알폰소!"

열쇠가 자물쇠 안에서 삐걱거리며 돌아갔지만, 문은 열리지 않았다. 루크레시아 부인은 숨을 깊이 들이마셨다. 발밑의 바닥은 다시 단단해졌고, 현기증이 날 정도로 혼란에 빠져들던 세상은 점차 다시 질서를 찾아갔다.

"아이와 단둘이 있게 해줘." 그녀는 후스티니아나에게 지시했다.

그녀는 방으로 들어가 문을 닫았다. 이유 없는 공포가 사라지고 대신 분노가 그녀를 사로잡았다. 그녀는 화를 삭이려 최선을 다하고 있었다.

아이는 교복을 입은 채 고개를 숙이고 책상에 앉아 있다 고개를 들어 그녀를 쳐다보았다. 미동도 없이 슬픈 표정을 짓고 있는 아이의 모습은 그 어느 때보다도 아름다웠다. 아직 햇빛이 창문으로 들어오고 있었지만 스탠드는 켜져 있었다. 초록색 압지*
위로 떨어지는 둥근 황금색 불빛에서 루크레시아 부인은 쓰다만 편지와 그 위에서 아직도 마르지 않고 반짝이는 잉크, 그리고 뚜껑이 열린 만년필이 잉크가 묻은 작은 손 옆에 놓여 있는 걸 보았다.

그녀는 아이에게 천천히 다가가 옆에 섰다.

"지금 뭘 하고 있니?" 그녀가 속삭였다.

그녀의 목소리와 손은 떨렸고, 가슴은 오르락내리락했다.

"편지를 쓰고 있어요." 아이는 자신 있는 목소리로 즉시 대답했다. "새엄마에게요."

"나한테?" 그녀는 기쁘게 보이려 애써 미소를 지었다. "읽어봐도 될까?"

알폰소는 손을 종이 위에 올려놓았다. 머리카락은 헝클어져 있었고, 얼굴은 아주 진지한 표정이었다.

"아직 안 돼요." 그의 눈에서는 어른과 같은 결의가 엿보였고, 목소리는 도전적이었다. "작별 편지예요."

"작별 편지라고? 그러니까 어디 갈 거라는 말이니, 폰치토?"

"죽을 거예요." 루크레시아 부인은 아이가 이렇게 말하는 소리를 들었다. 아이는 꼼짝도 하지 않고 그녀를 뚫어지게 바라보았다. 하지만 잠시 후 갑자기 아이의 자세가 흐트러졌고, 눈에는

---

*잉크나 먹물로 쓴 것이 번지거나 묻어나지 않도록 물기를 빨아들이는 종이.

눈물이 가득 고였다.

"새엄마가 더이상 날 사랑하지 않아서요."

토라져서 조그만 얼굴에 인상을 쓰고 있던 아이는 표정을 가다듬으려 했지만 아무 소용 없었다. 그것은 반바지를 입고 수염도 나지 않은 어린아이에게는 전혀 어울리지 않는, 버림받은 연인이나 할 법한 말이었다. 반은 슬픔으로 반은 분노로 가득한 그 말을 듣자, 루크레시아 부인은 어이가 없었다. 어떻게 대답해야 할지 몰라 입을 멍하니 벌린 채 잠자코 있었다.

"도대체 왜 그런 말도 안 되는 소리를 하니, 폰치토?" 마침내 그녀는 간신히 자신을 수습하면서 중얼거렸다. "내가 널 사랑하지 않는다니? 사랑하는 폰치토, 너는 내 아들이나 마찬가지야. 난 너를……"

그녀는 입을 다물고 말았다. 알폰소가 그녀의 몸에 털썩 안기더니 그녀의 허리를 껴안으며 울음을 터뜨렸기 때문이다. 얼굴을 루크레시아 부인의 배에 묻은 채 아이는 흐느끼고 또 흐느꼈다. 그의 조그만 몸은 한숨을 내쉬며 떨었고, 굶주린 강아지처럼 숨을 헐떡거렸다. 그래, 지금은 그가 아이라는 데에 의심의 여지가 없었다. 아이는 절망에 빠져 울고 있었고, 염치도 없이 자신의 고통을 그대로 드러냈다. 그러자 루크레시아는 감정에 복받쳐 목이 잠겼고, 눈이 촉촉이 젖었다. 하지만 그런 감정에 휘둘

리지 않으려고 애를 쓰면서 아이의 머리를 어루만졌다. 상반된 감정에 사로잡혀 어찌할 바를 모른 채, 그녀는 아이가 속마음을 털어놓는 소리를 들었다. 아이는 더듬거리면서 불평했다.

"며칠 전부터 새엄마는 내게 아무 말도 하지 않았어요. 뭔가를 물어봐도 날 피해요. 아침 인사나 저녁 인사를 할 때도 키스를 못 하게 하구요. 내가 학교에서 돌아오면, 마치 내가 집에 들어오는 게 성가신 것처럼 나를 쳐다봐요. 왜 그러는 거예요, 새엄마? 내가 뭘 잘못한 거예요?"

루크레시아 부인은 그렇지 않다고 말하면서, 아이의 머리에 키스해주었다. 아니야, 폰치토, 그건 전혀 사실이 아니야. 얘야, 왜 그렇게 민감하게 반응하니? 그녀는 할 수 있는 한 가장 다정하게 설명해주려고 애썼다. 내가 널 왜 사랑하지 않겠니! 아들아, 내가 널 얼마나 사랑하는데! 그녀는 그 아이를 항상 걱정했고, 아이가 학교에 있거나 친구들과 축구를 할 때도 늘 생각했다. 단지 그가 그녀에게 그토록 매달려 살고, 그런 식으로 새엄마를 미친 듯이 좋아하는 게 바람직하지 않다고 생각했을 뿐이다. 아이가 그토록 충동적이고 열렬한 감정을 갖는 것은 아이에게 해로울 수 있었다. 감정적 측면에서 봤을 때, 아이가 그녀처럼 나이 차가 많이 나는 사람에게 많이 기대지 않는 편이 바람직했다. 그는 자신의 애정과 관심을 다른 사람과 나눠야 했고, 특

히 또래나 학교 친구 그리고 사촌 들에게 쏟아야 했다. 그렇게
해야 자신의 개성을 갖추고 보다 빨리 자랄 것이고, 후에 그녀와
리고베르토 씨가 아주 자랑스럽게 여길 바르고 어엿한 청년이
될 것이었다.

그러나 루크레시아 부인이 이렇게 말하는 동안, 그녀의 마음
속 누군가가 그녀에게 거짓말을 하고 있다고 지적했다. 그녀는
아이 역시 그녀의 말에 관심을 기울이지 않고 있다고 확신했다.
아마 그녀의 말을 듣고 있지 않는지도 몰랐다. '내가 아이에게
하는 말 가운데 단 한마디도 믿을 수 없어.' 그녀는 생각했다.
알폰소는 간헐적으로 깊은 한숨을 내쉬며 몸을 떨었지만, 흐느
낌은 잦아들어 있었다. 아이는 새엄마의 손에 온 신경을 집중하
고 있는 것 같았다. 알폰소는 새엄마의 두 손을 잡고는 아주 경
건하고 수줍게 그리고 천천히 키스를 했다. 그런 다음 자신의 매
끄럽고 보드라운 뺨에 그녀의 두 손을 비벼댔다. 루크레시아 부
인은 아이가 아주 나지막하게 속삭이는 걸 들었다. 마치 그가 굳
게 잡고 있는 가느다란 손가락에게 말하는 것 같았다. "난 새엄
마를 많이 사랑해요. 많이, 정말 많이…… 다시는 절대로 그렇
게 나를 대하지 말아요. 그러면 난 죽어버릴 거예요. 정말로 맹
세하는데, 죽어버릴 거예요."

그러자 갑자기 그녀 안에서 둑이 터지고, 거대한 물줄기가 그

녀의 이성과 분별력을 향해 쏟아져 내려와 삼켜버리고 그녀가 결코 의심해보지 않았던 조상 대대로의 원칙을 산산이 부숴버리며, 심지어 그녀의 자기 보호 본능까지도 가루로 만들어버리는 것 같은 느낌이 들었다. 그녀는 한쪽 무릎을 꿇고 쪼그려 앉아 아이와 눈을 맞췄다. 그런 다음 모든 구속에서 해방되어 스스럼없이 그 아이를 껴안고 어루만졌다. 그녀는 그런 자신이 생소했다. 마치 태풍의 눈 속에 있는 것 같았다.

"앞으로는 절대 그러지 않을게." 그녀는 망설이면서 이렇게 반복했다. 감격에 복받쳐 거의 말을 할 수 없었기 때문이다. "절대로 그러지 않겠다고 약속할게. 요즘 널 차갑게 대한 것은 내 본심이 아니었단다, 귀여운 내 아들. 내가 너무 바보같이 굴었구나. 네게 좋은 일을 해주려 했는데, 그만 그게 널 힘들게 했어. 날 용서하렴……"

동시에 그녀는 아이의 헝클어진 머리카락과 이마, 그리고 뺨에 키스를 하면서, 입술로 아이의 눈에서 흐른 눈물의 소금기를 느꼈다. 아이의 입이 그녀의 입을 찾자, 그녀는 거부하지 않았다. 살며시 눈을 감으면서 아이가 키스하도록 허락했고, 그녀도 아이에게 키스를 했다. 잠시 후 대담하게도 아이의 입술은 용기를 내어 그녀의 입술을 집요하고 강하게 눌렀고, 그녀는 입술을 벌리고 소심하고 겁 많은 조그만 독사가 그녀의 입안을 방문하여 실컷 돌아다니도록 해주었다. 처음에는 서툴고 겁에 질려 있던 아이의 혀는 차츰 대담하고 무모해지면서 그녀의 잇몸과 치아 이쪽저쪽을 미끄러지듯이 가로질렀다. 그녀는 이내 가슴 한쪽에서 아이의 손을 느꼈지만 그 손을 뿌리치진 않았다. 아이의 손은 기운을 차리려는 것처럼 그곳에 잠시 가만히 머물다가 다시 움직이기 시작했다. 손바닥을 우묵하게 만들고는 공손하게 애무하면서, 그녀의 가슴을 가냘프게 압박했다. 그녀의 영혼 깊은 곳에서 한 목소리가 그만 일어나 나가라고 독촉했지만, 루크레시아 부인은 움직이지 않았다. 오히려 그녀는 아이를 더욱 세게 껴안았고, 감정을 전혀 억제하지 않은 채 아이에게 키스했다. 욕망의 리듬에 따라 그 키스는 갈수록 격렬하고 음탕해졌다. 그 순간 마치 꿈속에서처럼 자동차가 멈추는 소리가 들렸고, 잠시 후 그녀를 부르는 남편의 목소리가 들려왔다.

그녀는 놀란 나머지 갑자기 자리에서 일어났다. 그녀의 돌연한 공포는 아이에게도 전해졌고, 아이의 눈은 갑작스러운 두려움으로 가득 찼다. 그녀는 알폰소의 옷이 헝클어진 것을 보았고, 그의 입에 립스틱 자국이 있다는 사실을 깨달았다. "자, 어서 가서 얼굴을 씻어." 그녀는 급히 얼굴을 가리키며 명령했고, 아이는 고개를 끄덕이며 욕실로 달려갔다.

그녀는 당황한 표정으로 방에서 나와 정원이 내려다보이는 조그만 거실을 비틀거리며 가로질렀다. 그러고는 손님용 욕실로 들어가 문을 잠갔다. 달리기라도 한 것처럼 다리가 후들후들 떨렸다. 그녀는 거울을 보고 미친 여자처럼 웃음을 터뜨렸고, 손으로 입을 막아 간신히 웃음소리를 잠재웠다. "미친년, 바보 같은 년." 그녀는 자기 자신에게 욕을 퍼부으면서 찬물로 얼굴을 적셨다. 그러고는 비데에 앉아 세정수를 오랫동안 분사시키며 옷매무새를 말끔하게 가다듬었다. 그리고 얼굴 표정과 몸짓을 정리하고 다시 완전히 차분해졌다는 것을 느낄 때까지 그곳에 머물렀다. 남편에게 인사를 하러 나왔을 때, 그녀는 아무 일도 없었던 것처럼 상큼한 표정을 지으며 생글생글 웃었다. 리고베르토 씨는 그녀가 늘 그랬던 것처럼 다정하고 세심하며 그에게 애교를 부리고 관심을 보인다는 것을 알았다. 또한 그가 해주는 그날의 자질구레한 이야기들도 평상시처럼 흥미롭게 듣는다는 것도. 하지만 루크레시아 부인의 마음에서는 숨겨진 불안이 한시도 떠나지 않았고, 그런 불쾌한 느낌 때문에 자꾸 온몸이 떨리고, 뱃속이 뒤틀렸다.

아이는 그들과 함께 저녁을 먹었다. 평소처럼 예의 바르고 세심하게 행동했다. 아이는 자지러지듯이 웃으면서 아버지의 농담에 화답했고, 심지어 다른 이야기를 더 들려달라고 부탁하면서 이렇게 말했다. "아빠, 점잖지 못한 걸로요. 아주 지저분한 이야기로 해줘요." 그 순간 그녀와 아이의 눈이 마주쳤다. 구름 한점 없이 맑게 갠 아이의 눈이 짓궂거나 공모를 꾸미는 것 같은 낌새가 전혀 없이 하늘색을 띠고 있다는 사실을 깨닫고 루크레시아 부인은 감탄을 금치 못했다.

몇 시간 후 은밀하고 어두운 침실에서 리고베르토 씨는 다시한번 그녀에게 사랑한다고 속삭였고, 그녀를 키스로 뒤덮으면서 언제나 함께 있어줘서 고맙다고, 그녀 때문에 자신의 인생은 이루 말할 수 없는 행복으로 가득하다고 말했다. "우리가 결혼한 이후로 나는 사는 게 뭔지 배우고 있어, 루크레시아." 그녀는 그가 흥분에 들떠 말하는 소리를 들었다. "당신이 아니었다면 나는 그토록 많은 지혜를 알지 못한 채, 그리고 진정한 쾌락이 무엇인지 어렴풋이 짐작조차 못한 채 죽었을지도 몰라." 그의 말을 들으며 그녀는 감동받고 행복해했다. 하지만 그 순간에도 아이에 대한 생각을 한시도 머릿속에서 지울 수 없었다. 가까운 곳에서 아이가 방해하고 있을 거라는 생각, 천사 같은 얼굴이 몰래 엿보고 있을 거라는 생각은 그녀의 쾌감을 감소시키지 못했다. 오히려 뜨겁고 불온한 매운 맛으로 그녀의 기쁨을 더욱 증가시키고 있었다.

"내가 누구인지 안 물을 거야?" 마침내 리고베르토 씨가 속삭였다.

"누구예요, 당신은 누구죠, 여보?" 그녀는 그가 원하는 대로 조바심을 내면서 물었고 그의 기운을 한껏 북돋았다.

"음, 괴물이야." 그가 말했다. 하지만 황홀한 절정에 있던 그녀에게 그 소리는 이미 아득해져 제대로 들리지 않았다.

9장

⋮

인간의 자서전

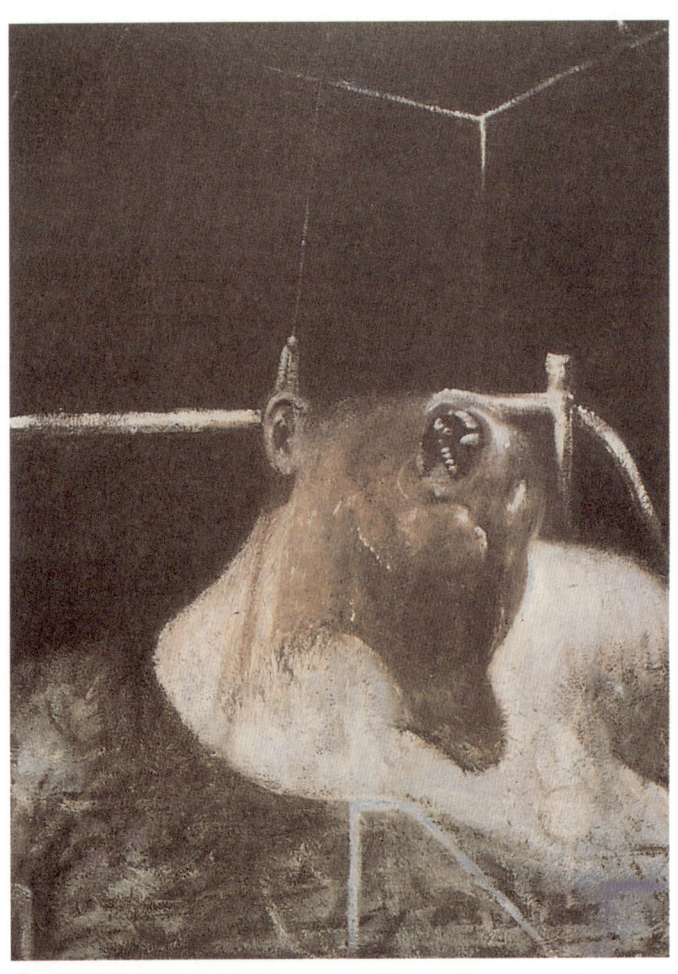

[4]

나는 왼쪽 귀를 물어 뜯겨 잃었다. 아마도 다른 사람과 싸우다 그런 것 같다. 하지만 가느다란 틈이 남아 있기 때문에 세상의 소리는 분명하게 듣는다. 비뚜름히 그리고 힘겹게이긴 하지만, 사물도 본다. 첫눈에는 그렇게 보이지 않을지도 모르지만, 내 입 왼쪽에 있는 파란빛을 띤 돌출 부위가 눈이다. 그곳에 있으면서 제대로 기능하여 사물의 모습과 색깔을 포착할 수 있는 것은 의학의 경이이다. 그것은 우리가 살고 있는 시대를 특징짓는 엄청난 발전의 증거이다. 폭격 때문인지 아니면 테러 때문인지 제대로 기억은 나지 않지만, 어쨌든 둘 중 하나로 인해 발생한 큰 화재 이후, 나는 영원히 어둠 속에서 살라는 선고를 받을 뻔했다. 그 화재에서 목숨을 구한 사람들은 하나같이 산화 물질 때문에 시력과 머리카락을 모두 잃었다. 천만다행으로 나는 한쪽 눈만 잃었다. 열여섯 번의 수술 끝에 다른 쪽 눈은 구할 수 있었다. 눈꺼풀이 없어 자주 눈물을 흘리지만, 텔레비전을 보며 즐길 수 있을 정도이다. 특히 적의 출현을 재빨리 간파하는 데에는 전혀 문제가 없다.

지금 내가 있는 유리 입방체가 내 집이다. 나는 유리벽을 통해 밖을 볼 수 있지만, 밖에서는 그 누구도 나를 볼 수 없다. 끔찍한 함정과 계략이 판치는 이 시대에 집의 안전을 위해 꼭 필요한 시스템이다. 당연한 소리지만, 내 주거지를 구성하는 유리는 방탄이며 방음이고 그 어떤 세균도 침투할 수 없으며 방사선으로부터도 안전하다. 이 유리는 항상 사향과 겨드랑이 냄새를 풍기는데, 나는 그 냄새를 맡으며 즐거워한다. 내가 그걸 좋아한다는 사실은 나밖에 모른다.

나는 후각이 매우 발달되어 있다. 나는 코를 통해 가장 큰 쾌감을 느끼며 가장 큰 고통을 받는다. 그런데 가장 맡기 힘든 냄새를 비롯해 모든 냄새를 검사하고 기록하는 거대한 막(膜)으로 된 이 기관을 코라고 불러야만 할까? '이 기관'이란, 내 입이 있는 위치에서 시작하여 아래로 내려갈수록 점점 커지다 짧고 굵은 목에까지 이르는, 하얀 껍질에 싸인 회색빛 도는 덩어리를 말하는 것이다. 아니, 그것은 갑상샘종도 아니고, 비정상적으로 튀어나온 목의 울대뼈도 아니다. 그건 바로 내 코다. 그게 예쁘지도 않고 유용하지도 않다는 건 알고 있다. 너무 과하게 민감한 나머지, 근처에서 쥐 한 마리가 썩고 있거나, 우리집을 관통하는 하수관으로 악취를 풍기는 무언가가 흘러 지나갈 때면 형언할 수 없는 고통을 느끼기 때문이다. 그렇긴 해도 나는 내 코를 숭배하며, 가끔씩 내 코가 내 영혼의 안식처라는 생각도 한다.

나는 팔도 다리도 없지만, 잘린 네 부분은 상처가 잘 아물어 단단하다. 그래서 나는 땅에서 쉽게 움직일 수 있고, 필요한 경우에는 달리기도 할 수 있다. 내 적들은 지금까지 수없이 나를 뒤쫓았지만, 한 번도 나를 잡지 못했다. 내가 손과 발을 어떻게 하다가 잃었느냐고? 아마 작업 도중에 사고를 당해서였던 것 같다. 아니면 임신 기간을 편안하게 보내기 위해 어머니가 먹은 의약품 때문인지도 모른다(불행하게도 의학이 모든 경우에 정확한 답이 되어주지는 않는다).

내 성기는 온전하다. 내 몸에는 종기가 나 있는데, 내 파트너인 젊은 청년이나 여자의 몸에 종기가 스치지 않도록 제대로 위치를 잡아야만 사랑을 할 수 있다. 혹시라도 종기가 터져버리면 상처에선 고약한 냄새를 풍기는 고름이 흘러나오며, 나는 끔찍한 고통을 느끼기 때문이다. 나는 간음을 좋아한다. 어떤 의미에서는 색욕에 빠져 있다고 말할 수도 있다. 사실 나는 종종 낭패

를 본다. 그러니까 굴욕적인 조루를 경험한다. 그렇지만 다른 때
에는 반복적으로 오랫동안 오르가슴을 느낀다. 그럴 때면 내가
대천사 가브리엘처럼 영묘하고 빛나는 존재라도 된 듯한 느낌이
다. 내 연인들은 내게 혐오감을 느끼지만, 대부분 술과 마약 덕
분에 처음의 편견을 극복하고 침대에서 나와 뒤엉켜 사랑의 전
투를 벌이기로 동의하면, 이내 그런 혐오감은 매력이 되고 심지
어는 황홀감으로 바뀌기도 한다. 여자들은 나를 사랑하게 되고,
심지어 젊은이나 소년들은 나의 추한 모습에 탐닉하기도 한다.
수많은 환상적인 이야기나 신화에서처럼 여자들의 영혼 깊은 곳
에는 야수는 항상 미녀를 매혹시킨다는 생각이 자리 잡고 있다.
그리고 잘생긴 청년의 마음속에 변태적인 무언가가 자리 잡고
있지 않은 경우는 극히 드물다. 지금까지 내 연인이 된 것을 후
회한 사람은 아무도 없다. 남자든 여자든 혐오스러운 것과 욕망
을 세련되게 조화시켜 쾌락으로 승화시키는 방법을 배운 것에
대해 내게 감사한다. 나와 함께 있으면서 그들은 모든 게 성감대
이며 성감대가 될 수 있다는 것을 배웠고, 사랑을 나누는 것과
관련해서 아랫배의 기능을 포함해 가장 상스럽고 천한 기관들이
영적으로 승화되어 고상해진다는 것을 알게 되었다. 나와 함께
했던 '동명사' 춤—트림하기, 오줌 싸기, 똥 누기—즉 나와 함
께했던 추잡한 타락(난 모두를 부추겼지만 단지 극소수만 용기

를 내어 감행했다)을 그들은 마치 지나간 시절의 우수 어린 추억처럼 오랫동안 간직한다.

나는 내 입을 가장 큰 자랑으로 여긴다. 절망에 사로잡혀 끝없이 울부짖느라 입이 항상 벌어져 있다는 것은 사실이 아니다. 나는 내 하얗고 날카로운 치아를 보여주기 위해 입을 벌리고 있는 것이다. 내 치아를 부러워하지 않을 사람이 있을까? 나는 단지 두세 개의 치아만 없을 뿐이다. 나머지는 아직도 고기를 뜯어먹을 수 있을 정도로 튼튼하다. 필요한 경우에는 치아로 돌을 분쇄할 수도 있다. 하지만 그것들은 송아지 가슴살이나 엉덩이살을 먹고자 하며, 암탉과 거세된 토끼의 조그만 젖꼭지와 허벅지 혹은 조그만 새들의 식도를 먹는 걸 더 좋아한다. 고기를 먹는다는 것은 신들만의 특권이다.

나는 불행하지 않으며, 남들의 동정을 받고 싶지도 않다. 나는 지금 이대로의 나에 만족하며 그것으로 충분하다. 다른 사람들이 나보다 더 열악한 상황에 있다는 사실은 물론 커다란 위안이 된다. 신이 존재한다는 것은 가능한 일이지만, 역사상 지금과 같은 순간에, 우리에게 그토록 많은 일이 일어난 지금, 그런 것이 뭐 그리 중요하겠는가? 세상은 지금보다 더 나을 수도 있지 않았을까? 그래, 아마 그랬을 수도 있을 것이다. 하지만 그걸 물어본들 무슨 소용이 있을까? 나는 살아남았고, 이 추한 모습에도 불구하고 인류의 일부가 되었다.

　사랑하는 당신, 나를 잘 봐. 나를 알아보고 당신 자신이 누구인지 인식하도록 해.

10장

·
·
·

덩이줄기와 관능

"옛날 옛적에 코에 애착이 크던 한 남자가 있었지." 리고베르토 씨는 목요일의 의식을 시작하면서 시적 영감을 받아 홍얼거렸다. 그러고는 호세 마리아 에구렌*을 떠올렸다. 그는 비쩍 마른 몽상적인 시인이었는데, 스페인어로 '코'를 지칭하는 '나리스(nariz)'라는 단어가 음성학적으로 저속하다고 여겨 자신의 시에서는 프랑스풍으로 '네(nez)'라고 불렀다.

그의 코가 그렇게 못생겼을까? 그것은 코를 비추는 거울에 따라 달라졌다. 그의 코는 둥그스름한 매부리코였고, 어떤 콤플렉

---

* 1874~1942. 페루의 작가이자 기자이며 화가. 그의 시가 국제적 명성을 얻으면서 시인으로 널리 알려졌다. 페루 문학 최초의 상징주의이자 포스트모더니즘 시인으로 평가받는다.

스도 없었다. 또한 아주 예민했고 결절이 있었으며 장식적이었다. 리고베르토 씨가 각별히 보살피고 조심했지만, 그의 코는 종종 뾰루지로 엉망이 되었다. 그러나 거울이 보여준 것으로 판단하건대, 이번주에는 짜낸 다음 즉시 소독약으로 소독해줘야 하는 것들이 하나도 없었다. 불가해한 피부의 변덕으로 코의 대부분, 특히 구부러지고 두 개의 구멍이 나 있는 맨 아래쪽은 오래된 부르고뉴 포도주 같은 불그스레한 색조를 띠어 그를 술고래처럼 보이게 만들었다. 그러나 리고베르토 씨는 식사할 때 아주 소량의 술만 마셨기 때문에 그 붉은 반점은 자연의 여신의 장난이거나 변덕 이외에는 어떤 이유도 없다고 생각했다. 그렇지 않다면 부부의 침대에서 그의 예민한 코가 맡았던, 육욕에 사로잡힌 신체의 생리적 요구를 기억하면서 빨개진 것밖에 없었다. 그것을 떠올리자 루크레시아 부인의 남편의 얼굴은 입이 찢어지도록 환하게 미소를 지었다. 리고베르토 씨는 잠시 후 자신의 콧구멍에 정액 냄새를 풍기는 산들바람—그는 '유화(乳化) 작용의 냄새야'라고 생각했다—이 들어가 뼛속까지 그 냄새로 가득 채울 것이라고 상상하고는 즉시 코가 벌름거리는 것을 느꼈다. 그러자 특별한 혜택을 입었다는 생각이 들어 기분이 좋아졌다. 이제 작업을 시작할 시간이다. 모든 것은 때와 장소가 있는 법이다. 하지만 아직 숨쉬기 연습을 할 때가 아니야, 이 망나니야.

그는 손수건으로 힘껏 코를 풀었다. 그의 코에서 코딱지와 콧물이 모두 나와 완전히 깨끗해졌다는 확신이 들 때까지 둘째손가락으로 반대쪽 콧구멍을 막고 한쪽씩 차례로 풀었다. 그런 다음 왼손으로는 우표 수집가용 거울을 들었다. 그가 우편엽서나 자신이 수집한 에로틱한 그림들을 살펴볼 때, 그리고 세심하게 세정식을 할 때 사용하는 거울이었다. 그는 오른손으로 조그만 손톱깎기용 가위를 들고 보기 흉한 코털을 제거하기 시작했다. 불과 일주일 전에 잘라냈지만 검은 털들은 이미 밖에서 보일 정도로 고개를 내밀고 있었다. 가위에 찔리지 않고 성공적으로 그 작업을 수행하려면 동양의 세밀화가 같은 집중력이 필요했다. 리고베르토 씨는 영혼이 안정되고 차분해지는 느낌을 받았다. 신비주의자들이 '공허와 충만'의 상태라고 묘사한 것과 거의 유사한 상태였다.

　그는 자신의 몸이 제멋대로 불쾌하게 행동하는 것을 통제하겠다는 굳건한 의지로, 자신의 육체에게 어느 정도 미학적 관례를 따르도록 강요했다. 적출, 손질, 추방, 세정, 문지름, 자르기, 윤내기 등등의 기법을 통해 자신의 자주적인 취향이 설정한—어느 정도는 루크레시아의 취향이 반영된—한계를 넘어서지 못하도록 했던 것이다. 숙련된 장인이 작업에 임할 때처럼, 마침내 그는 다른 사람들에게서 고립되었고, 시간에서 벗어났다는 기적과 같은 감동—그가 침실의 어둠 속에서 아내와 함께 한 몸이 되는 순간 최고점에 이르게 될—을 받게 되었다. 그것은 감동 정도가 아니라 육체적 확신이었다. 그의 모든 세포는 그 순간 자유의 몸이 되었다. 은빛의 작은 가윗날이 사각사각 소리를 내며 가위질을 하면, 사각사각 소리와 더불어 잘린 코털이 공중에 천천히 가볍게 떠다니다가 사각사각 소리와 함께 콧구멍에서 세면대의 소용돌이치는 물로 떨어졌다. 그러면서 그는 현재 노화가 계속되고 있으며 그럼에도 여전히 존재하고 있다는 악몽에서 유예되고 면제되었다. 이것이 바로 이 의식의 마술적인 효능이었다. 원시인들은 역사의 여명기에 이미 그것을 발견했다. 특정한 영겁의 순간을 위해 현재의 한순간을 완전한 존재로 변화시켰던 것이다. 그는 직접 모험을 감수하면서 그 지혜를 재발견했다. 그는 생각했다. '이것은 비천하고 속된 타락과 사회질서에 따른 시민들의 굴종에서 잠시 벗어나는 거야. 이것은 대중들의 비참한 인습에서 벗어나는 거야. 이것은 하루에 잠시 동안이나마 자주성을 회복하는 거야.' 그는 또 이렇게 생각했다. '이것은 불멸의 예언이야.' 그는 이런 말이 그다지 지나친 것은 아니라고 생각했다. 가위가 사각사각 소리를 내는 이 순간, 자신이 썩지 않는 존재라고 느꼈고, 곧 아내의 팔과 다리 사이에서 군주처럼 군림할 것이라고 생각했다. 그는 자기 자신을 신이라고 생각했다.

욕실은 그의 사원이었고, 세면대는 희생 제단이었다. 고위 성직자인 그는 그곳에서 미사를 집전하여 매일 밤 자기 자신을 정화하고 자신의 생명을 구원하고 있었다. "잠시 후면 나는 루크레시아에게 걸맞은 사람이 될 것이고, 그녀와 함께 있게 될 거야." 그는 스스로에게 말했다. 그러고는 명상에 잠겨 정다운 말투로 자신의 강인한 코에게 말했다. "너에게 말하건대, 너와 나는 곧 천국에 있게 될 것이다, 이 선량한 도둑이여." 그러면 그의 두 콧구멍은 탐욕스럽게 벌렁거리면서 미래의 냄새를 맡았다. 하지만 안주인의 은밀하고 탐욕스런 체취 대신 항균 비눗물 냄새가 났다. 리고베르토 씨가 말처럼 고개를 흔들면서, 성수(聖水) 예절을 지키듯 막 코털을 잘라낸 콧구멍 안쪽에 마지막 마무리로 항균 비누를 칠해 헹구었기 때문이었다.

코 의식의 가장 까다로운 과정이 끝나자, 그의 정신은 이제 다시 환상에 빠져들어 잠시 후 시간을 보낼 침대를 머릿속에 떠올렸다. 루크레시아는 그곳에서 그를 기다리고 있었다. 그곳에는 도저히 발음이 불가능한 네덜란드의 역사가이자 수필가인 요한 하위징아의 책도 있었다. 바로 그를 깊이 감동시키면서, 그를 위해, 그녀를 위해, 그리고 그들 두 사람을 위해 쓰인 것이라고 믿게 만든 책이었다. 점적기를 이용해 증류수로 코의 영혼을 헹구면서, 리고베르토 씨는 스스로에게 물었다. "우리의 침대가 바로『호모 루덴스』*에서 말하는 마술적인 공간이 아닐까?" 그랬다. 다른 말로 하자면 그랬다. 그 네덜란드 작가에 의하면, 잎이 울창하게 우거진 나무가 나무뿌리에서 유래했듯, 문화와 문명, 전쟁과 스포츠, 법과 종교 역시 상투적이고 진부한 영역에서 발생했다. 어떤 것은 적절하고 어떤 것은 정도를 벗어났지만, 모두가 놀이를 하려는 인간의 거역할 수 없는 본능에서 비롯된 것이다. 의심의 여지 없이 그 이론은 흥미롭고 난해하지만, 확실히 잘못된 것이다. 그러나 점잖은 인문주의자는 자신의 천재적인 직관을 심화시키지 않고, 그 이론을 자신의 직관을 확인해주는 영역, 즉 그가 던지는 광명의 빛 덕택에 모든 게 분명히 보이는 영역에 적용시킨다.

'마술적 공간, 여성의 영역, 감각의 숲.' 그는 이 순간 루크레시아가 살고 있는 조그만 나라의 메타포가 무엇인지 찾았다. 그러고는 "내 왕국은 침대다"라고 선포하면서, 손을 헹구고 수건으로 물기를 닦았다. 매트리스는 세 사람이 누워도 충분할 정도로 넓었기 때문에, 리고베르토 부부는 어떤 방향으로도 편안하게 움직일 수 있었고, 팔다리를 쭉 뻗을 수도 있었으며, 바닥에

---

* 요한 하위징아의 저서.

떨어질 위험 없이 마음껏 뒹굴거나 서로를 즐겁게 껴안을 수도 있었다. 침대는 푹신푹신하면서도 견고한 스프링으로 만들어져 탄력이 좋았고, 너무나 평평해서 사랑놀이를 하는 동안 체조 같은 행위나 체위, 멋진 조각을 흉내 내려는 시도나 과감한 제안을 방해하는 것이나 그 어떤 울퉁불퉁함도 없이 그들은 손발을 미끄러지듯 부드럽게 놀릴 수 있었다. "음란한 대수도원이야." 리고베르토 씨는 고무된 순간에 과감하게 말했다. "이 매트리스는 내 아내의 꽃이 피고 특별히 허가된 사람에게만 비밀스러운 향내를 분출하는 정원 같아."

그는 거울에서 자기 콧구멍이 굶주린 두 개의 조그만 목구멍처럼 진동하는 걸 보았다. "여보, 당신의 깊은 숨을 들이마시게 해줘." 그는 머리끝부터 발끝까지 그녀의 냄새를 맡고 그녀의 숨을 들이마실 것이었다. 그녀만의 독특한 냄새가 풍기는 곳은 아주 세심하고 집요하게 애무하며 오랫동안 머무를 것이고, 별 관심이 없는 곳은 급히 지나갈 것이었다. 그는 코로 그녀를 세밀히 느낄 것이고, 그녀를 사랑하면서 그녀가 애써 웃음을 참고 가끔씩 이렇게 불평하는 소리를 들을 것이었다. "거긴 안 돼요, 여보, 간지럽단 말이에요." 리고베르토 씨는 마음이 초조해지며 약간 몽롱한 느낌이 들었다. 그러나 서두르지 않았다. 묵묵히 기다리는 사람은 결코 절망하지 않고, 보다 지혜롭고 보다 명민하게 기쁨을 누리려고 준비하는 법이기 때문이다.

유리창 틈으로 인내와 끈기의 상징인 인동덩굴의 예민한 냄새가 그의 콧구멍에 도달할 무렵, 그는 의식의 마지막 단계에 이르고 있었다. 그는 눈을 감고 숨을 들이마셨다. 무질서하게 뻗은 그 덩굴의 냄새는 어쩐지 위험해 보였다. 그 덩굴은 마치 향내를 비축하거나 진하게 만들려는 것처럼 오랫동안 초록색 향내를 발산하지 않은 채 자신을 꼭 닫고 있다가, 공기가 눅눅해지며 낮과 밤이 신비롭게 변할 때, 달과 별이 움직일 때 혹은 뿌리가 있는 저 아래 땅속 한가운데서 은밀히 지각변동이 일어날 때면 갑자기 달콤 쌉싸래하고 불온한 냄새를 세상에 내뿜었다. 그 냄새는 긴 웨이브 머리의 까무잡잡한 여자들이 미친 듯이 치마를 펄럭이며 매끄러운 허벅지와 탱탱한 엉덩이, 야리야리한 발목, 번쩍이는 도깨비불, 털이 울창하게 뒤엉킨 음부를 살짝살짝 보여주는 춤을 연상하게 했다.

그래, 지금이다. 리고베르토 씨는 눈을 살며시 감았다. 마치 자신의 모든 에너지를 육체로 스며들게 하여 생식기관과 코로 몰리게 하는 것처럼. 그러고는 루크레시아 부인의 덩굴 냄새를 맡았다. 사향, 향, 식초에 절인 배추, 아니스*, 식초에 담근 생선,

---

* 미나리과의 한해살이풀로 주로 향미료로 쓰인다.

막 피어나는 제비꽃, 숫처녀의 축축한 땀 냄새를 떠올리게 하는 따스하고 진한 향내가 식물 왕국에서 발산되는 냄새나 유황 용암의 냄새처럼 서서히 그의 머리로 올라오며 욕망을 분출시켰다. 이제 예민한 식물로 변한 그의 코 역시 그 사랑스러운 작은 숲의 냄새, 뜨거운 입술 사이에서 흘러나오는 끈끈한 액체와의 마찰 그리고 축축한 털의 간지러움을 느낄 수 있었다. 특히 가느다랗고 부드러운 그녀의 털은 그의 콧구멍을 흥분시켰고, 나아가 사랑하는 여인의 육체는 그에게 멍한 마취 효과까지 제공했다.

피타고라스의 정리를 소리 높여 암송하는 강도 높은 지적 노력을 통해 리고베르토 씨는 사랑스러운 작은 머리를 드러내기 시작하는 발기를 중도에 멈추고, 차가운 물을 손에 담아 그 머리 위에 뿌렸다. 그렇게 그는 발기를 잠재워 움츠리고 수줍어하는 머리를 주름지고 신중한 고치 모양으로 되돌렸다. 그는 자신의 부드러운 실린더를 다정하게 바라보았다. 차분해지고 부드러워진 그 실린더는 종의 추처럼 가볍게 앞뒤로 흔들리면서 아랫배 아래로 축 늘어져 있었다. 그는 다시 한번 자기 부모님이 포경수술을 시키지 않은 게 천만다행이라고 중얼거렸다. 그의 포피는 쾌락의 발원지였고, 그는 그 반투명의 얇은 껍질이 없었다면 사랑을 나눌 때 쾌감이 줄었을 것이라고 확신했다. 그리고 그것은 어느 사악한 마법이 그의 후각을 파괴하는 것만큼이나 중대하고 심각한 결핍이 되었을지 모른다고 생각했다.

문득 그는 일반인들이 역겹다고 여기는 이상한 향내를 들이마시면서 그것이 먹고 마시는 것과 마찬가지로 생명에 필수 불가결하다고 여기던 대담무쌍한 기인들을 떠올렸다. 그는 시인 프리드리히 폰 실러가 자신을 창작과 사랑의 길로 인도하는 썩은 사과에 자신의 예민한 콧구멍을 열심히 갖다대는 장면을 상상하려 애썼다. 그것은 리고베르토 씨가 조그만 에로틱한 그림을 보며 그랬던 것과 다르지 않았다. 그다음에는 프랑스혁명의 격조 높은 역사가인 미슐레의 불온하고 은밀한 비법에 대해 곰곰이 생각했다. 미슐레의 기행(奇行) 중 하나는 사랑하는 여인 아테네가 달거리를 하는 장면을 지켜보는 것이었다. 그는 피로에 지치고 완전히 실의에 빠졌을 때면 원고와 양피지와 연구실에 있던 카드 정리함을 버리고 도둑놈처럼 아무도 모르게 집 안에 있는 욕실 변기로 갔다. 리고베르토 씨는 그의 모습을 머릿속으로 그려보았다. 미슐레는 연미복과 프릴 달린 셔츠를 입고 펌프스를 신은 채, 변기 앞에서 경건하게 무릎을 꿇고 고약한 냄새가 나는 메탄가스를 천진한 기쁨을 느끼며 천연덕스럽게 들이마셨다. 그 가스가 미로 같은 주름이 잡힌 낭만적인 뇌에 이르면, 몸과 마음이 한결 개운해지면서 열정과 기운이 다시 샘솟았고 지적인 욕구와 의욕과 관대한 이상이 되돌아왔다. '이토록 괴상한 사람들과 비교하면 나는 지극히 정상이야.' 그는 생각했다. 그렇다고 기가 꺾이거나 그들보다 못하다고 느끼지는 않았다. 그가 홀로 치르는 고독한 위생 작업에서 느끼는, 그리고 특히 아내와 사랑을 나눌 때 느끼는 행복은 그의 정상적인 행동에 대한 충분한 보상이라는 생각이 들었다. 이런 행복을 누리는데, 부자가 되고 유명해지고 기인이 되고 천재가 될 필요가 있을까? 다른 사람의 눈에 그의 삶은 어느 정도 평범한 무명인의 삶이었다. 보험회사의 관리자라는 일상적인 존재인 그는 무언가를 숨기고 있었는데, 그것은 바로 행복이 가능하다는 사실이었다. 그는 그것을 즐기거나 그것이 존재한다고 생각하는 동료가 몇 안 될 거라고 확신했다. 그런 행복은 일시적이고 비밀스러운 것이다. 그건 사실이다. 그것은 지극히 미미한 것일 수도 있다. 하지만 그것은 분명하고 명백했으며, 밤마다 찾아왔고 생생했다. 이제 그 행복은 마치 후광처럼 그의 주변을 둘러싸고 있는 것 같았다. 잠시 후면 그는 그런 행복 속에 있을 것이고, 그의 아내 역시 그와 함께 그런 행복을 맛볼 것이다. 두 사람은 쾌락 덕분에 하나, 아니 셋이 되었다고 말하는 편이 나을지 모르는 삼위일체의 결합을 함께 이룰 것이다. 그가 그 삼위일체의 신비에 대한 의혹을 해소한 적이 있었던가? 그는 미소 지었다. '이 바보야, 그건 그리 대단한 게 아니야. 단지 존재를 길들여버리는 좌절감과 분노에 대한 일시적인 해독제로 사용하는 약간의 지혜에 불과한 것이지.' 그리고 생각했다. '고맙게도 환상은 인생을 좀먹어 없애버리지.'

침실 문에 들어서면서 그는 몸을 떨며 한숨을 내쉬었다.

11장

.
.
.

저녁식사 후

"새엄마, 엄마가 모르는 사실을 이야기해드릴게요." 알폰소가 눈을 반짝거리며 소리쳤다. "거실에 있는 그림에 새엄마가 있어요."

아이는 명랑하면서도 흥분한 표정이었다. 아이는 희미하게 짓궂은 미소를 지으면서 자기가 어떤 의도를 가지고 그런 암시적인 말을 한 건지 새엄마가 알아맞히기를 기다렸다.

'또다시 어린애가 되었어.' 따뜻한 침대 안에서 나른한 상태로 있던 루크레시아 부인은 비몽사몽 속에서 생각했다. 불과 일분 전만 하더라도, 알폰소는 거리낌 없고 확실한 직관을 지닌 노련한 기수처럼 그녀 위에서 말을 타던 젊은 남자였다. 그런데 이제는 다시 명랑한 아이가 되어 새엄마와 함께 수수께끼 놀이를 하면서 즐거워하고 있었다. 아이는 벌거벗은 채 침대 가장자리에 웅크리고 있었다. 손을 뻗어 뽀얀 꿀빛 사타구니에 손을 얹고 싶은 유혹을 떨칠 수 없었다. 아이의 음모는 거의 눈에 보이지 않을 정도였고, 땀에 젖어 반짝거렸다. '그리스 신들이 바로 이런 모습이었을 거야.' 그녀는 생각했다. '그림 속의 조그만 큐피드들, 공주를 시중드는 시동들, 『천일야화』에 나오는 정령들, 수에토니우스의 책에 등장하는 스핀트리아*들도 그랬을 거야.' 그녀는 아이를 손가락으로 쓰다듬으며 관능에 몸을 떨었다. '넌 여왕처럼 행복해, 루크레시아.'

"거실에 있는 그림은 시슬로**가 그린 거야." 그녀는 마지못해 속삭였다. "아들아, 그건 추상화란다."

알폰소는 깔깔거리며 웃음을 터뜨렸다.

"그게 새엄마예요." 갑자기 아이는 귀까지 새빨개질 정도로 얼굴을 붉혔다. 강렬한 태양빛에 달궈진 것 같았다. "새엄마, 오늘 아침에 알았어요. 하지만 무슨 일이 있어도 어떻게 알게 되었는지는 말할 수 없어요."

그러면서 또다시 킥킥대더니 침대에 벌렁 드러누웠다. 알폰

---

* 섹스 예술가라는 의미이다.
** 페르난도 데 시슬로. 페루의 화가로 1950년대 중반 이후 라틴아메리카 추상 예술을 이끈 인물이다.

소는 얼굴을 베개에 묻은 채 몸을 떨며 한참을 그렇게 웃었다. "도대체 무슨 생각을 하는 거야?" 루크레시아 부인은 이렇게 속삭이면서, 모래나 쌀가루처럼 섬세한 아이의 머리카락을 헝클어뜨렸다. "얘야, 나쁜 생각을 하면 얼굴이 빨개지는 거야."

리고베르토 씨가 지방으로 짧은 출장을 떠난 틈을 이용해 그들은 처음으로 함께 밤을 보냈다. 전날 밤 루크레시아 부인은 하인들에게 외출을 허락했기 때문에, 집 안에는 그들 두 사람만 남아 있었다. 그날 저녁, 두 사람은 함께 저녁식사를 한 뒤 후스티니아나와 요리사가 나가기를 기다리며 텔레비전을 보았고, 그후 침실로 올라가 잠자기 전에 사랑을 나누었다. 그리고 조금 전 첫번째 아침 햇살을 받으며 일어나 다시 사랑을 나눴다. 새로운 날은 초콜릿색 블라인드 뒤로 빠르게 밝아왔다. 이미 거리에서 사람과 자동차 소리가 들려왔다. 곧 하인들이 도착할 것이다. 루크레시아 부인은 졸린 눈으로 기지개를 폈다. 과일주스와 스크램블드에그로 푸짐한 아침식사를 할 작정이었다. 그리고 점심때 알폰소와 함께 공항으로 남편을 마중 나갈 계획이었다. 알폰소에게는 한 번도 말한 적이 없었지만, 두 사람 모두 리고베르토 씨가 비행기에서 내릴 때 그들이 손을 높이 들어 반기는 것을 몹시 좋아한다는 것을 알고 있었고, 그래서 기회가 있을 때마다 항상 그런 기쁨을 선사해주고자 했다.

"추상화라는 게 무슨 의미인지 이제야 알 것 같아요." 아이는 베개에 얼굴을 묻은 채 곰곰이 생각했다. "추잡한 그림이지요? 새엄마, 도대체 뭐가 뭔지 알 수가 없어요."

루크레시아 부인은 아이에게 몸을 기댔다. 그녀는 뺨을 아이의 부드러운 등에 갖다댔다. 아이의 등은 기름기 하나 없이 하얀 서리처럼 빛났고, 조그만 산맥 같은 척추가 희미하게 드러나 있었다. 그녀는 눈을 감았다. 그 나긋나긋한 피부 아래에서 어른 같은 아이의 피가 천천히 고동치는 소리가 들리는 듯했다. '이것이 바로 고동치는 삶이야, 살아 있는 삶이라고.' 그녀는 감탄했다.

처음으로 아이와 사랑을 나눈 후, 그녀는 예전에 그토록 자신을 괴롭혔던 죄책감이나 양심의 가책을 잃어버렸다. 그 일은 아이가 편지를 쓰면서 스스로 목숨을 끊겠다고 위협했던 그 바로 다음 날 일어났다. 전혀 예상하지 못했던 일이어서, 루크레시아 부인은 그 사건을 떠올릴 때면 실제로 그런 일은 일어날 수 없으며 그 일은 자기가 직접 겪은 게 아니라 책에서 읽었거나 꿈을 꾼 것이라고 생각했다. 리고베르토 씨는 야간 세정식을 행하느라 욕실에 틀어박혀 있었다. 그리고 그녀는 네글리제와 나이트가운을 걸친 채, 약속했던 것처럼 잘 자라는 인사를 하기 위해 알폰소에게 내려갔다. 아이는 침대에서 펄쩍 뛰어내려 그녀를 맞이했다. 아이는 그녀의 목에 매달려 그녀의 입술을 찾더니, 소심하게 그녀의 가슴을 어루만졌다. 그러는 동안 마치 배경음악처럼 그들의 머리 위에서 리고베르토 씨가 흥얼거리는 소리가 들렸다. 그가 부르는 노래는 가락이 맞지 않는 사르수엘라*였고, 세면대로 흘러내리는 물소리는 그 가락과 대위선율**을 이루고 있었다. 불현듯 루크레시아 부인은 자기 몸에 가해지는 공격적이고 남성적인 힘을 느꼈다. 아이와 사랑을 나누면서 위험하다는 느낌보다 더욱 강력한 무엇, 즉 억누를 수 없는 절정을 경험했다. 그녀는 침대 위로 드러누우면서, 아이가 산산이 부서질까봐 걱정이라도 하듯 살며시 아이를 끌어당겼다. 그리고 네글리제와 나이트가운을 벗고는, 아이의 체위를 정해주고 초조한 손길로 인도했다. 그녀는 아이가 숨을 헉헉거리며 애를 쓰고 그녀에게 키스를 하며 움직이는 소리를 들었다. 마치 걸음마를 배우는 동물 새끼처럼 서투르고 연약했다. 그리고 곧이어 그녀는 아이가 신음 소리를 내며 일을 끝내는 소리를 들었다.

그녀가 침실로 돌아왔을 때 리고베르토 씨는 아직 그날의 의식을 마치지 않은 상태였다. 루크레시아 부인의 심장은 마구 두들기는 북처럼 전속력으로 뛰고 있었다. 그녀는 남편을 껴안고

---

* 스페인의 경가극.
** 두 개 이상의 독립적인 선율을 동시에 결합시키는 방법.

싶어 안달하는 자신의 대담함에 놀랐다. 그리고 그런 사실이 믿기지 않았다. 남편에 대한 사랑은 이전보다 더욱 커져 있었다. 아이의 모습 역시 그녀의 기억 속에서 그녀의 가슴을 애정으로 가득 채우고 있었다. 아이와 사랑을 나누고 나서 그 아이의 아버지와 사랑을 나누려는 것이 가능한 일일까? 그렇다. 충분히 가능한 일이었다. 그녀는 어떤 죄책감이나 수치심도 느끼지 않았다. 또한 자기 자신을 냉소적인 사람이라고 여기지도 않았다. 마치 온 세상이 그녀에게 고분고분하게 항복하는 것 같았다. 이해할 수 없는 자부심이 밀려들었다. "오늘 밤은 어제보다 더 멋진 오르가슴을 느꼈어. 그 어느 때보다 좋았어." 나중에 리고베르토 씨는 그녀에게 이렇게 말했다. "당신이 선사해준 이 행복에 대해 어떻게 고마워해야 할지 모르겠어." "나도 마찬가지예요." 루크레시아 부인은 몸을 떨면서 속삭였다.

그날 밤 이후 아이와의 비밀스러운 만남은 그들의 부부관계를 더욱 비옥하고 풍요롭게 만들었다. 그 이유는 알 수도 없고 복잡했으며 설명하기 힘들었지만, 어쨌든 그녀는 그 일로 인해 깜짝 놀랐으며 새롭게 시작한다는 느낌을 받았다. '하지만 루크레시아, 도대체 이건 어떤 종류의 도덕심이라고 말해야 하지?' 그녀는 당황스러워 어쩔 줄 몰라하며 물었다. '어떻게 이 나이에 하룻밤 만에 이 정도로 바뀔 수 있는 거지?' 이해할 수 없었지만, 이해하려고 노력하지도 않았다. 그냥 그런 모순적인 상황, 다시 말해 위험하고 강렬한 기쁨을 추구하며 행복을 느끼고 자신의 원칙에 도전하고 위반하는 이런 상황을 흘러가는 대로 놔두고 싶었다. 어느 날 아침 눈을 떴을 때 그녀는 갑자기 '나는 내 자주권을 찾았어'라는 말이 떠올랐다. 자신이 복 받았고 해방되었다고 느꼈지만, 무엇으로부터 해방된 건지는 정확하게 말할 수 없었다.

'폰치토가 나쁜 짓을 하고 있다는 느낌을 갖지 않기 때문에, 아마 나도 그런 느낌이 없는 걸 거야.' 그녀는 손가락 끝으로 아이의 육체를 어루만지며 생각했다. '아이에게 이건 그냥 놀이야. 못된 장난이야. 그게 바로 우리의 놀이야. 그 이상도 이하도 아니야. 이 아이는 내 연인이 아니야. 그 나이에 어떻게 그렇게 될 수 있어? 그렇다면 그는 무엇일까? 그냥 작은 큐피드야.' 그녀는 생각했다. 아이는 그저 그녀의 스핀트리아에 불과했다. 르네상스 화가들이 침실 장면에 덧붙이던 그런 아이. 아이는 그 순수함과 대조적으로 사랑놀이를 더욱 뜨겁게 만드는 효과를 낳았다. '네 덕분에 리고베르토와 나는 더 많이 사랑하고 더 큰 쾌감을 느껴.' 그녀는 이렇게 생각하며 아이의 목에 가볍게 키스했다.

"저 그림이 왜 새엄마인지 설명해줄 수 있어요. 하지만 어쩐지 그러고 싶지 않아요." 아이가 베개에 머리를 묻은 채 속삭였다. "새엄마는 내가 설명해줬음 좋겠어요?"

"그래, 설명해주면 좋겠어." 루크레시아 부인은 피부 아래 여기저기 파란 실개천처럼 드러난 아이의 작고 꾸불꾸불한 핏줄을 열심히 살펴보았다. "사람 형체라고는 전혀 찾아볼 수도 없고 기하학적인 형태와 색깔만 있는 그림이 어떻게 내 초상화라는 거지?"

아이는 고개를 들고 짓궂은 표정을 지었다.

"생각해보면 알게 될 거예요. 저 그림이 어떤 것처럼 보이는지, 그리고 새엄마는 어떤 모습인지 떠올려봐요. 설마 모르지는 않겠죠? 아주 쉬워요! 자, 어서 추측해봐요. 맞히면 상을 드릴게요. 새엄마."

"오늘 아침에서야 비로소 저 그림이 내 초상화라는 걸 알았다고 했지?" 루크레시아 부인은 갈수록 커져가는 궁금증을 참지 못하고 물었다.

"갈수록 정답에 가까워지고 있어요." 아이가 더욱 부추겼다. "그대로 가면 곧 알게 될 거예요. 아이, 새엄마, 부끄러운 줄 아셔야죠!"

아이는 다시 웃음을 터뜨리더니 침대 시트 안으로 몸을 숨겼다. 창문턱에 조그만 새 한 마리가 앉더니 짹짹거리기 시작했다. 날카롭고 기쁨에 찬 소리로 아침을 온통 휘저으며 마치 세상과 삶을 축복하는 것 같았다. '행복하기도 하겠지.' 루크레시아 부인은 생각했다. '세상은 아름답고 살 만한 가치가 있는 곳이니까. 작은 새야, 짹짹.'

"그러니까 새엄마의 비밀 초상화예요." 알폰소가 속삭였다. 그는 각각의 단어를 또박또박 말하고는 잠시 수수께끼 같은 침묵을 지켜 극적인 효과를 만들었다. "새엄마에 관해 그 누구도 모르는 것이자 그 누구도 볼 수 없는 거예요. 나만 알고 볼 수 있는 것이죠. 아, 맞다, 물론 우리 아빠도 알아요. 지금 그게 뭔지 알아맞히지 못하면, 앞으로도 결코 알지 못할 거예요, 새엄마."

그는 혀를 내밀고 묘한 표정을 지었다. 그러면서 맑고 파란 눈으로 그녀를 바라보았다. 루크레시아 부인은 그 유리처럼 해맑고 순진한 눈 속에서 바다의 천국 깊은 곳에 살고 있는 촉수동물처럼 무언가 짓궂고 사악한 것을 느끼곤 했다. 그녀의 뺨이 뜨겁게 달아올랐다. 폰치토가 말하는 것이 정말로 그녀가 방금 감지한 것을 뜻하는 것일까? 아이는 자기가 암시하는 게 무슨 의미인지 알고나 있을까? 의심할 여지 없이, 어중간하고 막연하게 본능적으로만 알고 있는 게 분명했다. 그건 그의 이성의 힘 너머에 있는 것이기 때문이다. 어린 시절이란 그런 악과 덕, 성스러움과 죄악이 혼합되어 있는 것일까? 그녀는 머나먼 시절에 자신도 폰치토처럼 순수한 동시에 추잡했었는지 기억해내려 했지만,

기억나지 않았다. 그녀는 뺨을 다시 아이의 황갈색 등에 갖다대
며 아이를 부러워했다. '아, 남자가 여자나 자기 자신에 대해 아
무것도 판단하지 않은 채 여자를 애무하고 사랑하는 동물적 반
의식 상태로 있을 수만 있다면 얼마나 좋을까! 아이야, 난 네가
다 컸을 때 고통을 받지 않았으면 좋겠어.' 그녀는 조용히 소망
했다.

"뭔지 알아냈어." 잠시 후 그녀가 말했다. "그런데 그걸 말할 용
기가 나지 않는구나. 사실 그건 아주 추잡한 것이거든, 알폰소."

"물론 그래요." 아이는 부끄러워하면서 동의했다. 그의 뺨이
다시 붉어졌다. "비록 그게 더럽고 추잡하더라도, 그건 사실이
에요, 새엄마. 새엄마가 그렇더라도, 그건 내 잘못이 아니에요.
하지만 무슨 상관이에요? 아무도 그걸 알지 못할 텐데. 그렇지
않아요?"

그러더니 전혀 머뭇거리지 않고 갑자기 말투와 화제를 바꾸
면서 덧붙였다. 마치 나이의 계단을 몇 칸씩 올라갔다 내려오는
것처럼 보였다.

"아빠 데리러 공항에 가야 하는데 너무 늦지 않았어요? 우리
가 제시간에 도착하지 않으면 몹시 언짢아하실 거예요."

그들 사이에 일어나고 있는 일은 알폰소와 리고베르토 씨의
관계에 전혀 영향을 미치지 못했다. 적어도 그녀는 그걸 눈치챌

수 없었다. 루크레시아 부인은 아이가 예전과 마찬가지로 아버지를 사랑하고 있다고 생각했다. 아니, 그가 아버지에게 보여주는 애정의 증거로 판단해보건대, 아마도 더 많이 사랑하고 있는 듯했다. 그리고 아버지 앞에서 불편함이나 곤란함도 전혀 느끼지 않는 것 같았다. '세상 일은 이렇게 단순할 수도 없고, 모든 게 잘 끝날 수도 없어.' 그녀는 생각했다. 그러나 지금까지는 단순했고, 모든 게 완벽하게 이루어지고 있었다. 완벽한 조화라는 이런 환상이 얼마나 지속될 수 있을까? 현명하고 조심스럽게 행동한다면 그 어느 것도 꿈을 이룬 그녀의 삶을 산산이 부수지는 못할 거라고 그녀는 다시 되뇌었다. 게다가 이런 골치 아픈 상황이 지속되어 그녀가 행복을 느끼게 되면 가장 혜택을 보는 사람은 운 좋게도 리고베르토 씨일 것이다. 그러나 이런 생각을 할 때면 언제나 그렇듯, 불길한 예감이 이런 이상향에 어둠을 드리웠다. '그건 영화나 소설에서나 가능한 일이야, 루크레시아. 현실주의자가 되어야 해. 조만간 좋지 않은 끝을 보게 될 거야. 현실은 결코 소설처럼 완벽하지 않아, 루크레시아.'

"아니야, 아직 시간이 있어. 피우라에서 오는 비행기가 도착하려면 두 시간도 더 있어야 해. 연착하지만 않는다면 말이야."

"그럼 잠시 잠을 자야겠어요. 몸이 너무 노곤해요." 아이는 하품했다. 그러고는 몸을 한쪽으로 돌리고 온기를 찾아 루크레시아 부인 가까이로 오더니 머리를 그녀의 어깨에 기댔다. 잠시 후 아이는 잘 들리지 않는 목소리로 가르랑거렸다. "학년 말에 최우수상을 받으면, 아버지가 내가 말한 오토바이를 사줄까요?"

"그럼, 물론이지. 사주실 거야." 그녀는 이렇게 대답하면서 아이를 부드럽게 껴안고는 갓난아기에게 하듯 달콤하게 얼렀다. "아빠가 사주시지 않으면, 내가 사줄 테니 걱정하지 마."

폰치토는 편안하게 숨을 쉬며 잤다. 그녀는 마치 자신의 육체에 울리는 메아리 같은 아이의 규칙적인 심장박동을 느낄 수 있었다. 루크레시아 부인은 평온한 졸음에 빠진 채 아이가 깨지 않도록 움직이지 않고 그대로 있었다. 비몽사몽한 가운데 그녀의 머릿속에는 일련의 이미지가 돌아다녔는데, 가끔 그중 한 이미지가 갑자기 힘을 얻어 암시적인 기운을 내뿜으며 그녀의 의식을 사로잡았다. 그것은 바로 거실에 걸린 그림이었다. 아이가 했던 말이 그녀를 뭐라고 꼬집어 말할 수 없는 불안으로 가득 채웠다. 아이의 환상 속에서 의심할 나위 없는 깊이와 불건전한 예리한 통찰력이 느껴졌기 때문이었다.

나중에 알폰소가 샤워하는 동안 그녀는 자리에서 일어나 아침을 먹은 후, 거실로 내려가 한참 동안 시슬로의 그림을 응시했다. 마치 전에는 한 번도 본 적이 없는 것처럼, 그리고 그 그림이 뱀이나 나비같이 모습과 본질을 바꾼 것처럼. '이 아이의 말을 진지하게 받아들여야 해.' 그녀는 난처하고 걱정스러운 얼굴로 생각했다. 저 그리스의 반신반인과 같은 조그만 머릿속에 또 어떤 놀라운 생각이 숨겨져 있을까? 그날 밤, 두 사람은 공항에 나가 리고베르토 씨를 데리고 왔다. 리고베르토 씨는 두 사람에게 출장 이야기를 들려준 후, 그녀와 아이를 위해 가져온 선물 보따리(그는 출장을 다녀올 때마다 항상 선물을 가져왔다)를 풀었다. 카타카오스*의 커스터드, 호루라기, 가느다란 짚으로 만든 모자 두 개였다. 그런 다음, 세 사람은 행복한 가족처럼 함께 저녁을 먹었다.

부부는 이른 시간에 침실로 들어갔다. 리고베르토 씨의 세정식은 다른 때보다 짧았다. 다시 침대에서 만난 부부는 뜨겁게 포옹했다. 겨우 사흘 낮과 사흘 밤에 불과했지만, 오랫동안 떨어져 있던 연인처럼 행동했다. 결혼 이후 항상 그랬다. 어둠 속에서 첫 절정에 이른 후, 리고베르트 씨는 야간 의식에 충실하면서 기대에 찬 목소리로 속삭였다. "왜 내가 누구냐고 묻지 않아?" 하지만 이번에는 무언의 계약을 깨는 대답이 돌아왔다. "묻지 않겠어요. 대신 당신이 내게 물어봐요." 간담을 서늘케 하는 영화의 한 장면처럼, 그는 놀란 나머지 잠시 아무 말도 하지 못했다.

---

* 페루 피우라 지방에 위치한 소도시.

그러나 잠시 후 의식 집행자인 리고베르토 씨는 그녀의 말뜻을 이해하고 간절한 목소리로 물었다. "여보, 당신은 누구야?" 그녀는 "거실에 걸린 추상화예요"라고 대답했다. 잠시 침묵이 흘렀다. 그리고 화난 듯하면서도 실망에 젖은 작은 웃음소리가 들렸고, 이어 긴장된 정적이 길게 흘렀다. "지금은 그런 말을 할 순간이……" 그가 불쾌한 목소리로 말을 꺼냈다. "난 농담하는 게 아니에요." 루크레시아 부인이 그의 말을 막으면서, 자기 입술을 그의 입술에 갖다댔다. "난 그 그림이에요. 어떻게 당신이 아직도 그걸 깨닫지 못했는지 모르겠어요." "여보, 좀 도와줘." 그는 기운을 되찾고 다시 살아난 몸을 이리저리 움직였다. "설명해봐. 왜 그런지 알고 싶어." 그녀는 설명했고 그는 이해했다.

한참 후에, 그들은 대화를 나누며 웃었다. 그런 다음 리고베르토 씨는 피로에 지쳤지만 감격에 젖은 행복한 표정으로 아내의 손에 키스했다.

"루크레시아, 당신이 얼마나 많이 변했는지 모르겠어. 이제 난 온 마음을 다 바쳐 당신을 사랑할 뿐만 아니라, 당신을 존경하고 있어. 아직도 당신에게 배울 게 많다는 확신이 들어."

"마흔 살의 나이에도 사람들은 많은 걸 배우죠." 그녀는 그를 애무하면서 간결하고 분명하게 말했다. "리고베르토, 가끔씩, 가령 지금 같은 순간에 나는 내가 다시 태어나고 있다는 생각이

들어요. 그리고 결코 죽지 않을 거라는 생각도요."

그게 그녀의 자주권이었을까?

12장

．
．
．

사랑의 미로

[5]

처음에 당신은 나를 보지 못할 것이고 이해하지도 못할 거예요. 하지만 인내심을 갖고 계속 바라봐야 해요. 참을성을 갖고 편견을 버려요. 그리고 욕망을 품고 자유롭게 바라봐요. 또한 무엇에도 속박되지 않은 환상과 만반의 준비가 된 음경―발기된 것이 바람직하지요―을 가지고 바라보도록 해요. 그러면 수녀원으로 들어가는 신참내기 수녀나 사랑하는 여인의 동굴로 들어가는 연인처럼 결연하고 시시하게 이해타산을 생각하지도 않으며 모든 것을 내어주고 아무것도 요구하지 않으면서 마음속으로 그것이 영원하다는 확신을 가지고 그곳으로 들어가게 되지요. 이런 조건을 충족시킬 때에만, 아주 조금씩 짙은 자줏빛을 띤 표면이 움직이기 시작하고, 무지개 빛깔로 변할 것이며, 그 의미가 살아나고 진정한 본래의 모습을 드러낼 거예요. 그것이 바로 사랑의 미로예요.

그림 한가운데에 있는 기하학적 형체, 다리 세 개가 있는 후피동물의 납작한 실루엣은 제단 또는 감실(龕室)이에요. 만일 당신이 종교적 상징에 넌더리가 난 사람이라면, 무대 장식이라 해도 되겠지요. 흥분 속에 매우 즐겁고 잔인한 여운을 남긴 행사가 막 끝났고, 지금 당신이 보는 것은 그 행사의 흔적과 결과물이에요. 나는 행운의 희생 제물이었기에 이 사실을 잘 알고 있어요. 또한 그 영감을 준 여배우도 잘 알고 있지요. 노아의 대홍수 때에나 있었을 법한 생물체의 발에 새겨진 두 개의 붉은 얼룩은 내 혈흔이고, 당신의 정액은 넘쳐흐르면서 응고되고 있어요. 그래요, 여보, 전례의 돌(스페인 식민지 이전의 받침돌이라고 불러도 좋아요) 위에 누워 있는 저 엷은 자줏빛 상처와 얇은 막, 회색 고름이 흐르는 분비선과 시커먼 구멍을 지닌 저 끈적거리는 생물체는 바로 나예요. 내 말 알아듣겠어요? 당신이 나를 불태우고 짜낼 때, 안쪽과 아래에서 바라본 나란 말이에요. 매우 효율적으로 의식을 집전하고 이제는 명상에 잠긴 남자, 즉 당신의 상냥하고 방탕한 시선 아래에서 체액을 분출하고 범람시키고 있는 나 자신이란 말이에요.

사랑하는 여보, 그건 당신도 그곳에 있기 때문이에요. 당신은 나를 마치 부검하듯 바라보고 있어요. 당신의 눈은 무언가를 응시하고, 연금술사처럼 한 치의 방심도 허용하지 않고 철저한 쾌락을 얻기 위한 멋진 처방을 연구하지요. 왼쪽에 있는 사람, 암갈색으로 빛나는 부분에 발기한 채 서 있는 사람, 머리에 사라센 사람의 초승달 모양 모자를 쓰고 살아 있는 동물에서 뽑아낸 깃털로 만든 망토를 걸친 채 토템상이 되어버린 사람, 박차와 주홍색 깃털을 단 사람, 뒤로 돌아 나를 관찰하고 있는 사람, 그 사람이 당신이 아니면 누구겠어요? 당신은 지금 자리에서 일어나 앉아 호기심 많은 구경꾼이 되었어요. 방금 전만 하더라도 당신은 내 허벅지 사이에 무릎을 꿇고 아무것도 보지 못한 채, 마치 비굴하고 근면한 하인처럼 내 불꽃을 타오르게 했어요. 그러나 지금은 내가 쾌감을 느끼는 것을 보고 즐기며 사색에 잠겨 있지요. 이제 당신은 내가 누구인지 알아요. 이제 당신은 나를 하나의 이론 속에 용해시키고 싶을 거예요.

우리가 파렴치한 사람들일까요? 우리는 건전하며 자유로워요. 아니, 더할 나위 없이 육욕적이지요. 우리의 표피는 제거되었고 뼈는 부드러워졌으며, 창자와 연골은 드러났어요. 우리가 함께 치렀던 사랑의 의식이나 미사 동안 우리는 자랐고 땀을 흘렸고 분비했어요. 여보, 이제 우리는 비밀을 하나도 남겨두지 않았어요. 그 여자는 바로 나예요. 나의 주인이며 노예, 여보, 바로 당신의 제물이에요. 금슬이 좋기로 유명한 멧비둘기처럼 사랑의 칼에 몸통이 갈라진 제물이에요. 찢겨진 채 고동치는 사람, 바로 나예요. 천천히 자위하는 사람, 바로 나예요. 사향 냄새를 풍기는 사람, 바로 나예요. 미로이자 관능의 소유자, 바로 나예요. 마술적인 난소이며 정액이고 혈액이며 새벽의 이슬, 바로 나예요. 그게 바로 감각과 관능의 시간에 당신에게 보여지는 내 얼굴이에요. 당신을 위해 매일 그리고 축일에도 피부를 관리하는 내 모습이에요. 어쩌면 그게 내 영혼일지도 몰라요. 그리고 당신의 영혼일지도.

당연히 시간은 멈춰 있어요. 그곳에서 우리는 늙지도 죽지도 않을 거예요. 달빛을 받아 우리의 흥분은 세 배나 커졌고, 이미 밤을 침범하고 있는 어슴푸레한 빛 속에서 우리는 영원히 즐길 수 있을 거예요. 진짜 달은 가운데에 있는 거예요. 까마귀의 날개처럼 짙고 검지요. 그것을 에워싸고 있는 탁한 포도주 빛깔의 것들은 가짜예요.

이타적인 감정, 형이상학과 역사, 중립적 추론, 선한 의지와 자선 행위, 인류를 위한 협동심, 시민 참여적 이상주의, 동료와의 교감 같은 것은 모두 사라지고 없어요. 당신과 내가 아닌 모든 사람들은 지워졌지요. 사랑의 시간처럼 최고의 이기주의를 필요로 하는 순간에 우리의 생각을 흐트러뜨리거나 메마르게 하는 모든 것은 사라지고 없어요. 여기서는 그 무엇도 우리에게 제동을 걸거나 우리를 억제시킬 수 없어요. 괴수나 신에게 그럴 수 없는 것과 마찬가지로 말이에요.

세 개가 짝을 이룬 이 거주지―세 개의 다리, 세 개의 달, 세 개의 공간, 세 개의 작은 창문과 세 개의 주요 색―는 순수한 본능, 그리고 그런 본능을 위해 봉사하는 상상의 조국이에요. 그것은 당신의 꿈틀거리는 혀와 달콤한 타액이 내게 봉사하는 동시에 나를 이용했던 것과 마찬가지예요. 우리는 성(姓)과 이름, 얼굴과 머리카락을 잃어버렸고, 훌륭한 풍채와 시민권도 상실했어요. 하지만 우리는 마법과 신비와 육체의 기쁨을 얻었어요. 우리는 한 남자와 한 여자였지만, 이제는 사정(射精)이며 오르가슴이고 불변의 사상이에요. 우리는 성스럽고도 강박관념에 사로잡힌 사람이 되었어요.

우리는 상대방에 관해 완전히 알고 있어요. 당신은 나이자 당신이고, 나는 당신이자 나예요. 그건 비상하는 제비나 중력의 법칙처럼 완전하면서도 단순한 것이지요. 사악한 도착증―우리가 불신하며 경멸하는 단어로 표현하자면―은 왼쪽 상단 구석에 있는 세 명의 자기과시적 관객에 의해 표현되어 있어요. 그들은 우리의 눈이에요. 지금 당신이 하고 있는 것처럼 우리는 너무나 열심히 서로를 응시하는데, 그들은 바로 그런 응시이기도 하지요. 그리고 우리 각자가 사랑의 축제를 벌일 때 상대방에게 요구하는 필수불가결한 나체이자, '나는 당신 자신을 나에게 주고, 당신은 당신을 위해 내 자신을 자위하며, 당신과 나는 우리 자신을 빨도록 해요'처럼 전통적인 문장의 파괴를 통해서만 적절하게 표현될 수 있는 합체이지요.

이제 그만 쳐다보세요. 이제 눈을 감아요. 이제 눈을 뜨지 말고, 그토록 많은 사람들이 바라보지만 제대로 볼 수 있는 사람은 얼마 되지 않는 그 그림 속에 그려진 우리 모습처럼 나를 바라보고, 당신 자신을 바라보세요. 이제 당신은 우리가 서로 알고 사랑하고 결혼하기 전부터 그 누군가가 손에 붓을 들고 우리가 앞으로 매일 밤낮으로 만들어낸 행복으로 끔찍한 영광의 세계에 있게 될 것임을 미리 예견했다는 것을 알 거예요.

13장

·
·
·

나쁜 말들

"새엄마 없어요?" 폰치토가 실망스런 표정으로 물었다.

"곧 돌아올 거야." 리고베르토 씨는 이렇게 대답하면서, 무릎 위에 올려놓고 있던 케네스 클라크의 『누드의 미술사』를 급히 덮었다. 깜짝 놀란 그는 몰입해 있던 앵그르의 〈터키탕〉의 축축한 수증기 속에 벌거벗은 채 가득 모여 있는 여자들에게서 리마, 자신의 집 그리고 자신의 서재로 돌아왔다. "새엄마는 친구들과 브리지 게임을 하러 갔어. 자, 어서 들어와라, 폰치토. 함께 이야기나 하자꾸나."

아이는 고개를 끄덕이며 살며시 미소 지었다. 그러고는 서재로 들어와 올리브색 가죽 안락의자의 가장자리에 앉았다. 의자는 기욤 아폴리네르가 기획하고 서문을 쓴 스물세 권짜리 하드

커버 전집 『사랑의 대가들』 아래 놓여 있었다.

"산타 마리아 학교 수업은 어떠니?" 그의 아버지는 아이에게 말을 시킨 뒤 아이가 보지 못하도록 등 뒤로 책을 감춘 채 책장에 다시 꽂아놓으려 서재를 가로질렀다. 유리를 끼워 자물쇠를 채워놓은 그 책장은 그가 에로틱한 보물들을 보관하는 장소였다. "수업은 잘 따라가고 있지? 영어는 어렵지 않니?"

"수업 시간에 아주 잘하고 있고, 선생님들도 너무 좋아요, 아빠." 그는 모든 걸 이해했고, 매키 신부와는 영어로 오랫동안 대화를 나눌 수도 있었다. 그는 올해 반에서 일등을 할 거라고 확신했다. 어쩌면 학년 전체에서 일등을 할지도 몰랐다.

리고베르토 씨는 웃으며 만족스러운 표정을 지었다. 사실대로 말하자면, 이 아이는 아버지에게 기쁨과 행복만을 선사했다. 훌륭한 학생이었고 아버지 말에 순종하는 다정스러운 아이, 모든 자식의 귀감이었다. 그런 아들을 둔 것은 행운이었다.

"코카콜라 한잔 마실래?" 아버지가 물었다. 그는 위스키를 손가락 두 마디 정도 따르고서 냉동실에서 얼음을 꺼냈다. 그러고는 알폰소에게 코카콜라가 담긴 컵을 건네고 그의 옆에 앉았다. "아들아, 네게 할 이야기가 있다. 네가 나를 몹시 기쁘게 해주었으니 전에 부탁했던 오토바이를 사주마. 다음 주면 갖게 될 거야."

아이의 눈이 환하게 빛났다. 크고 환한 미소가 그의 얼굴에 아로새겨졌다.

"고마워요, 아빠!" 아이는 아버지를 껴안고 뺨에 키스했다. "너무 갖고 싶었던 거예요. 정말이지 믿기지가 않아요!"

리고베르토 씨는 웃으면서 아이를 살며시 떼어놓았다. 그러고는 신중하고도 다정한 제스처로 아이의 헝클어진 머리를 부드럽게 쓰다듬었다.

"새엄마에게 감사해야 해." 아버지는 덧붙였다. "새엄마가 시험 때까지 기다리지 말고 당장 오토바이를 사주라고 하셨단다."

"알고 있어요!" 아이가 흥분해서 큰 소리로 말했다. "새엄마는 내게 너무 잘해줘요. 심지어 우리 엄마가 해줬던 것보다도 더 잘해줘요."

"새엄마가 널 몹시 사랑하기 때문이야, 아들아."

"나도 새엄마가 너무 좋아요." 아이는 흥분한 목소리로 대답했다. "이 세상에서 가장 좋은 새엄마인데, 내가 어떻게 사랑하지 않을 수 있겠어요!"

리고베르토 씨는 위스키를 한 모금 마시고서 그 맛을 음미했다. 기분 좋은 뜨거운 느낌이 혀와 목구멍을 훑더니 이제는 갈비뼈 쪽으로 내려가고 있었다. "이 세상에서 가장 마음에 드는 용암이야." 그는 즉흥적으로 중얼거렸다. 도대체 누구에게서 이토록 훌륭한 아들이 나왔을까? 그의 얼굴은 환한 후광으로 둘러싸였고, 생기와 건강미가 흘러넘쳤다. 자신에게서 나온 게 아닌 것만은 틀림없었다. 아이의 어머니에게서도 아니었다. 엘로이사는 매력적이고 멋진 여자였지만, 결코 이 아이처럼 섬세한 용모, 이토록 맑고 빛나는 눈과 투명한 피부 그리고 순수하기 그지없는 금발의 곱슬머리를 지니고 있지 않았다. 아이는 지품천사인 케루빔*이었고 사랑스럽기 짝이 없는 소년이었으며, 첫 영성체 성화에 그려진 대천사였다. 하지만 아이가 컸을 때에는 그토록 완전한 모습이 약간 손상되는 게 나을 터였다. 여자들은 인형 같은 미소년의 얼굴을 한 남자를 그다지 좋아하지 않기 때문이었다.

"루크레시아와 잘 지낸다니, 내가 얼마나 기쁜지 넌 모를 거다." 그리고 잠시 후 이렇게 덧붙였다. "우리가 결혼했을 때 내가 몹시 걱정했던 점인데, 이제는 네게 말해줄 수 있을 것 같구나. 너와 루크레시아가 서로 맞지 않고, 네가 새엄마를 받아들이지 않을지도 몰라 몹시 두려웠단다. 그랬다면 그건 우리 세 사람에겐 커다란 불행이었을 거야. 루크레시아 역시 그걸 몹시 염려했지. 그런데 이제 두 사람이 잘 지내는 것을 보니, 그런 걱정을 했던 내 자신이 우습구나. 사실 두 사람이 서로를 너무나 사랑하

---

* 천사는 9등급으로 나뉘는데, 케루빔은 그중 두번째로 높은 천사로, 흔히 날개 달린 아기로 묘사된다.

는 것을 보면, 가끔 질투가 날 때도 있단다. 내가 보기에 네 새엄마가 나보다 너를 더 좋아하는 것 같고, 너 역시 나보다는 새엄마를 더 좋아하는 것 같거든."

알폰소는 손바닥을 치며 깔깔 웃었고, 리고베르토 씨도 갑자기 웃음을 터뜨린 아들의 유쾌한 모습에 즐거워하면서 그의 행동을 그대로 따라했다. 고양이 한 마리가 멀리서 야옹야옹 울었다. 자동차 하나가 라디오 볼륨을 한껏 높인 채 거리를 지나가는 바람에 그들은 잠시 열대 리듬의 트럼펫과 마라카스 소리를 들었다. 그런 다음 후스티니아나가 세탁실에서 빨래를 하면서 흥얼대는 노랫소리가 들려왔다.

"오르가슴이 뭐예요, 아빠?" 갑자기 아이가 물었다.

리고베르토 씨는 갑자기 사레에 걸려 기침을 했다. 그는 목청을 가다듬으면서 생각했다. '어떻게 대답해야 할까?' 그는 자연스러운 표정을 지으려고 애쓰면서, 어떻게든 웃지 않으려 했다.

"음, 그건 나쁜 말이 아니야." 그는 신중하게 설명했다. "절대로 그렇지 않아. 그건 성생활, 그러니까 쾌감과 관련된 것이란다. 아마도 육체적 기쁨의 절정이라고 말할 수 있을 거야. 사람들만 경험하는 것이 아니라 동물들도 느끼는 거야. 아마 생물 시간에 그것에 관해 배울 거야. 하지만 무엇보다도 그게 더러운 말이라는 생각은 하지 말거라. 애야, 그런데 그런 말을 어디서 알게 되었니?"

"새엄마에게서 들었어요." 폰치토가 말했다. 아주 짓궂은 표정을 지으면서 아이는 손가락을 들어 입술로 가져가고는 절대로 비밀을 지켜야 한다고 요구했다. "새엄마한테는 그게 뭔지 아는 체했어요. 그러니까 내가 그게 뭔지 아빠한테 물어봤다고 새엄마에게 말하면 안 돼요."

"그래, 절대로 말하지 않으마." 리고베르토 씨가 아이에게 속삭였다. 그러고는 다시 위스키 한 모금을 마시고서 궁금하다는 눈빛으로 알폰소를 자세히 살폈다. '저 장밋빛 얼굴의 머릿속에, 저 부드럽고 반짝이는 이마 속에 도대체 무엇이 들어 있는 걸까? 그걸 누가 알겠어. 많은 사람들이 아이의 영혼은 깊이를 헤아릴 수 없는 우물이라고 말하지 않았나?' 그는 생각했다. '더이상 확인하면 안 돼.' 그러고는 또 생각했다. '대화 주제를 바꿔야 해.' 그러나 병적인 호기심 혹은 위험의 본능적인 매력이 더욱 강했다. 그래서 별 관심 없는 척하면서 물었다. "그 말을 새엄마에게서 들었단 말이야? 정말?"

아이는 쾌활하면서도 짓궂은 표정을 지으며 여러 번 고개를 끄덕였다. 아이의 뺨은 발그레했고, 눈은 못된 개구쟁이처럼 반짝거렸다.

"아주 근사한 오르가슴을 느꼈다고 말했어요." 아이가 나이팅

게일처럼 노래하듯 설명했다.

이번에는 리고베르토 씨의 손에서 위스키 잔이 떨어졌다. 그는 잔이 서재의 카펫에 새겨진 납빛 아라베스크 무늬 위로 뒹구는 것을 보았지만, 너무 놀란 나머지 꼼짝도 할 수 없었다. 아이가 서둘러 그 컵을 주웠다. 그리고 아버지에게 돌려주면서 이렇게 속삭였다.

"거의 비어 있었던 게 그나마 다행이에요. 다시 한 잔 따라드릴까요, 아빠? 난 아빠가 위스키를 얼마나 좋아하는지 알고 있어요. 새엄마가 어떻게 따라드리는지 봤어요."

리고베르토 씨는 고개를 저으면서 괜찮다고 말했다. 그런데 그가 제대로 들었던 것일까? 물론 그랬다. 바로 그런 목적으로 커다란 귀를 가지고 있는 것이니까. 그의 머리는 화톳불처럼 탁탁 소리를 내며 타오르기 시작했다. 이 대화는 너무 멀리 갔고, 이제는 단호하게 끊어야 했다. 그래야 헤아릴 수 없이 엄청난 일이 일어나지 않을 터였다. 잠시 그는 카드로 세운 아름다운 성이 허물어지는 광경을 상상했다. 자기가 무엇을 해야만 하는지 아주 분명하게 알고 있었다. '됐어, 이 대화는 끝났어, 우리는 다른 것에 관해 얘기해야 해.' 그러나 이번에도 깊은 곳에서 울려 나오는 유혹의 말이 그의 이성과 분별력보다 더 강했다.

"왜 그런 말을 꾸며내는 거니, 폰치토?" 그는 아주 천천히 말했지만, 그의 목소리는 여전히 떨리고 있었다. "네가 새엄마에게서 어떻게 그런 말을 들을 수 있겠니? 그런 일은 있을 수 없어, 아들아."

아이는 화난 표정을 짓더니 한 손을 높이 들면서 항의했다.

"분명히 들었어요, 아빠. 틀림없단 말이에요. 내게 말해주었어요. 바로 어제 오후의 일이라고요. 맹세할게요. 내가 왜 아빠에게 거짓말을 하겠어요? 내가 거짓말한 적 있어요?"

"아니, 없어. 그래, 네 말이 맞아. 넌 항상 사실만 말했지."

그는 마치 열병의 공습을 받듯, 자신을 압도해오는 불편한 느낌을 억제할 수 없었다. 그런 불쾌감은 바로 그 순간 그의 얼굴과 팔에 부딪힌 바보 같은 금파리 때문이었다. 그는 그 파리를 찰싹 때릴 수도 없었고 쫓아버릴 수도 없었다. 그는 자리에서 일어나 다시 술 한 잔을 따르러 천천히 걸어갔다. 그다지 즐기지 않는 일이었다. 저녁식사 전에 결코 술을 한 잔 이상 마셔본 적이 없었다. 다시 자리로 돌아온 그는 폰치토의 푸른 눈과 마주쳤다. 그들은 평소처럼 부드럽고 온화한 눈빛으로 천천히 서재를 둘러보았다. 아이의 눈이 그에게 미소 지었고, 그 역시 아이에게 미소를 지으려 애썼다.

"흠, 흠." 잠시 기분 나쁜 침묵이 흐르고 나서 리고베르토 씨가 헛기침을 했다. 그는 무슨 말을 해야 할지 몰랐다. 루크레시아가 그런 종류의 비밀을 아이에게 털어놓으면서 아이에게 매일 밤 그들이 무엇을 하는지 말했다는 게 가능한 일일까? 물론 그랬을 리가 없다. 그건 한마디로 난센스다. 그건 폰치토가 꿈꾼 환상의 산물이 분명했다. 그 나이 때 누구나 꾸는 전형적인 꿈 말이다. 아이는 사악한 것들을 발견하고 있으며, 성에 대한 호기심을 표면화시키고 있고, 막 생겨나기 시작한 리비도가 매력적이면서도 금기시되는 단어에 관해 떠들어대도록 그의 환상을 부추기고 있는 게 틀림없었다. 최선의 방법은 그 모든 것을 잊어버리고 시시한 주제로 이끌면서 이 바람직하지 않은 순간을 벗어나는 것이었다.

"내일 숙제 없니?" 그가 물었다.

"이미 했어요." 아이가 대답했다. "숙제가 딱 하나밖에 없었어요, 아빠. 자유 주제로 작문하는 거요."

"아, 그래?" 리고베르토 씨가 집요하게 밀고나갔다. "그래, 어떤 주제를 골랐니?"

아이의 얼굴이 순진하게 기쁜 표정을 짓더니 다시 한번 빨개졌다. 리고베르토 씨는 갑자기 새끼 사슴처럼 놀랐다. '무슨 일이 있는 걸까? 무슨 일이 벌어지려는 것일까?'

"새엄마에 관한 거예요, 아빠. 새엄마가 아니면 내가 누구에 관해 쓰겠어요?" 폰치토는 손뼉을 치면서 말했다. "제목을 이렇게 붙였어요. '새엄마 찬양.' 어때요?"

"아주 좋아. 좋은 제목이야." 리고베르토 씨가 대답했다. 그러고는 거의 아무 생각 없이 거짓 웃음을 활짝 지으며 이렇게 덧붙였다. "좀 에로틱한 소설 제목 같구나."

"에로틱이라는 말이 무슨 뜻이에요?" 아이가 아주 진지하게 물었다.

"그건 육체적 사랑과 관련된 말이야." 리고베르토 씨가 아이에게 가르쳐주었다. 그는 자신도 모르게 한 모금씩 홀짝홀짝 술을 마시고 있었다. "그런 단어들은 시간이 흘러야 그 의미를 알 수 있어. 경험이 있어야 하는 거지. 그게 단어의 정의보다 더 중요한 거란다. 그 의미는 차차 알게 되는 거야. 그러니 서둘러 알려고 할 필요는 없단다, 폰치토."

"알았어요, 아빠." 아이는 고개를 끄덕이고서 눈을 깜빡거렸다. 그의 긴 속눈썹은 커다란 눈동자 위로 반짝이는 보랏빛 그림자를 드리우고 있었다.

"「새엄마 찬양」을 읽어보고 싶은데, 괜찮겠니?"

"물론이죠, 아빠." 아이는 기쁨에 사로잡혀 대답했다. 그러고는 벌떡 일어나 뛰어 나갔다. "잘못된 게 있으면, 고쳐줘야 해요."

잠시 후 폰치토가 돌아왔다. 리고베르토 씨는 점점 속이 불쾌하고 거북해졌다. 위스키를 너무 많이 마셨나? 아니다, 그건 터무늬없는 생각이었다. 그렇다면 관자놀이의 압박은 그가 곧 몸 져누울 것이라는 사실을 의미하는 것일까? 사무실에는 감기에 걸린 사람이 몇 있었다. 아니, 그건 아니었다. 그렇다면 무엇일까? 그는 자기가 젊었을 때 큰 감동을 받았던 파우스트의 말을 떠올렸다. '나는 불가능한 것을 소망하는 사람을 사랑한다.' 그는 이 말이 평생의 문구가 되기를 바랐다. 비록 비밀리에 이루어졌지만, 그는 어느 정도 자기가 그 이상에 도달했다는 느낌을 받고 있었다. 그런데 왜 지금 발밑에서 땅이 갈라지는 듯한 괴롭고 비참한 예감이 그를 엄습하는 것일까? 도대체 어떤 종류의 위험이 그를 위협하는 것일까? 어떻게, 어디서 위협하는 것일까? 그는 생각했다. '루크레시아가 "아주 근사한 오르가슴을 느꼈어"라고 말하는 걸 폰치토가 들었다는 건 절대로 있을 수 없는 일이야.' 그러자 갑작스러운 폭소가 터져 나왔다. 하지만 그 웃음에는 어떤 기쁨도 스며 있지 않았다. 그는 괴로운 듯 인상을 썼고, 그 표정은 에로 소설로 가득한 책장의 유리에 비쳤다. 그곳에 알폰소가 있었다. 그는 손에 공책을 들고 있었다. 아이는 아무 말 없이 공책을 내밀면서, 루크레시아가 말하듯 너무나 해맑고 순수해서 '사람들로 하여금 스스로를 더럽다고 느끼게 만드는' 푸른 시선으로 아버지의 눈을 뚫어지게 바라보았다.

리고베르토 씨는 안경을 쓰고 마루에 놓인 긴 스탠드를 켰다.

그리고 검은색 잉크로 또박또박 정성스럽게 쓴 글자를 큰 소리로 읽기 시작했다. 하지만 첫 단락의 중간쯤에서 그만 입을 다물고 말았다. 그는 입술을 살며시 움직이면서, 그리고 종종 눈을 깜빡이면서 소리 없이 읽어내려갔다. 이내 그의 입술은 움직임을 멈추었다. 입술의 양쪽 끝이 처지면서 천천히 열렸다. 그는 얼굴이 마비된 듯 멍한 표정을 지었다. 침 한 줄기가 이 사이로 흘러나와 재킷의 깃을 적셨지만, 그가 침을 닦지 않은 것으로 보아 그 사실을 전혀 눈치채지 못한 것 같았다. 그의 눈은 좌우로, 때로는 빠르게, 때로는 천천히 움직였다. 그리고 종종 아이의 글을 잘 이해할 수 없다는 듯, 혹은 자기가 읽은 것이 실제로 그 공책에 적혀 있다는 사실을 받아들일 수 없다는 듯, 읽었던 내용으로 되돌아가기도 했다. 글 읽기가 더디게 진행되는 동안, 리고베르토 씨는 단 한 번도 공책에서 눈을 떼어 아이를 쳐다보지 않았다. 의심할 여지 없이 아이는 그곳에 계속 있으면서 아버지의 반응을 살펴보았고, 아버지가 다 읽고 나서 당연히 말하고 행동해야 할 것을 하기를 기다리고 있었다. 그런데 그는 뭐라고 말해야 했을까? 무엇을 해야만 했을까? 리고베르토 씨는 자기 손이 축축해졌다는 것을 알았다. 이마에서 땀 몇 방울이 공책으로 떨어져 번지면서 형체를 알 수 없는 얼룩을 만들었다. 그는 침을 꿀꺽 삼키면서 간신히 이렇게 생각했다. '불가능한 사람을 사랑하

면, 그 대가를 치르게 되는 법이지.'

그는 있는 힘을 다해 공책을 덮고 고개를 들었다. 그랬다. 폰치토는 그곳에서, 아름답고 행복에 넘친 얼굴로 아버지를 주시하고 있었다. '루시퍼의 모습이 이랬을 거야.' 리고베르토 씨는 그렇게 생각하면서, 텅 빈 잔을 입에 갖다대며 술을 찾았다. 그러나 크리스털 잔이 이에 부딪혀 쨍그랑 소리를 내자, 자기 손이 심하게 떨리고 있다는 것을 깨달았다.

"이게 무슨 의미냐, 알폰소?" 그는 말을 더듬었다. 이제 어금니와 혓바닥 그리고 턱이 아파왔다. 자기 자신의 목소리조차 알아듣지 못할 지경이었다.

"뭐 말이에요, 아빠?"

아이는 도대체 무슨 일인지 모르겠다는 듯 태연하게 그를 쳐다보았다.

"이…… 이런 허무맹랑한 상상이…… 무엇을 의미하느냐는 거야." 그는 말을 더듬었다. 끔찍하게 당황한 그는 속으로 불안해하고 있었다. "지금 제정신이 아닌 것 아니냐, 아들아? 어떻게 이렇게 추잡하고 더러운 내용을 지어낼 수 있지?"

그는 입을 다물었다. 더이상 무슨 말을 해야 할지 몰랐기 때문이었다. 자기가 방금 했던 말이 몹시 불쾌하게 느껴졌고, 자기가 그런 말을 했다는 사실에 완전히 깜짝 놀랐다. 아이의 조그만 얼굴이 슬픈 표정을 지으며 점점 시무룩해졌다. 아이는 이해하지 못하겠다는 듯 아버지를 바라보았다. 아이의 눈에는 고통뿐만 아니라 당황도 배어 있었다. 하지만 두려움의 그림자는 그 어느 곳에서도 찾아볼 수 없었다. 그는 심장이 얼어붙을 정도로 극심한 두려움과 공포 속에서 아들이 말하기를 기다리고 있었다. 그리고 마침내 그 말을 들을 수 있었다.

"허무맹랑한 상상이라니요, 아빠? 내가 여기서 말하고 있는 건 전부 사실이에요. 실제로 일어났던 그대로란 말이에요."

그 순간, 그가 이 모든 게 운명이나 신들에 의해 결정되었다고 상상하는 것과 동시에, 현관문이 열리는 소리와 집사에게 저녁 인사를 건네는 루크레시아의 달콤한 목소리가 들려왔다. 그는 그 순간 자기가 그토록 열심히 세워놓았던 꿈과 자유로운 욕망의 풍요롭고 독창적인 세상이 비누 거품처럼 일순간에 꺼져버렸다고 생각했다. 갑자기 모든 환상이 사라진 그는 자신을 육체와 섹스의 모든 악마들에게서 벗어나, 성욕에서 자유로운 몸이 된 고독하고 순결한 존재로 바꿔달라고 필사적으로 소망했다. 그랬다. 그것이 바로 그였다. 은둔자, 수도자, 성직자, 천사, 그리고 천상의 나팔을 불며 순결하고 성스러운 여자들에게 좋은 소식을 전해주러 과수원으로 내려오는 대천사였다.

"안녕, 사랑하는 내 어른 신사와 아이 신사." 루크레시아 부인은 서재 입구에서 노래 부르듯 외쳤다.

그녀는 눈처럼 하얀 손으로 아버지와 아들에게 키스를 날렸다.

14장

:
:

장밋빛 청년

[6]

정오의 열기 속에서 꾸벅꾸벅 졸다 나는 그가 오는 소리를 듣지 못했다. 눈을 뜨자 그가 장밋빛 불빛을 받으며 내 발치에 있었다. 그가 정말 그곳에 있었던 것일까? 그렇다. 그건 꿈이 아니었다. 아마도 우리 부모님이 열어두었을지 모르는 뒷문을 통해 들어왔거나, 아니면 어떤 아이도 힘들이지 않고 쉽게 뛰어넘을 수 있는 과수원 울타리로 넘어온 것이 분명했다.

그는 누구지? 나는 모르지만, 분명한 사실은 그가 그곳에 있었다는 것이다. 바로 이 복도에서 내 발밑에 무릎을 꿇고 있었다. 나는 그를 보았고 그의 목소리를 들었다. 그는 방금 전에 이곳을 떠났다. 아니, 공기 속으로 자취를 감추었다고 하는 편이 나을지도 모르겠다. 그렇다. 그는 내 발밑에 무릎을 꿇고 있었다. 왜 무릎을 꿇었는지 모르지만, 나를 비웃기 위한 것은 아니었다. 처음부터 그는 나를 상냥하고 친절하며 공손하게 대했고, 너무도 깊은 존경심과 겸손함을 보여주었다. 그래서인지 그토록 가까이에서 낯선 사람을 보았을 때 엄습하던 불안은 뜨거운 햇빛 아래 이슬처럼 순식간에 사라져버렸다. 낯선 이방인과 단둘이 있으면서 불안을 느끼지 않는다는 게 있을 법한 일일까? 더군다나 어떻게 우리 집 과수원으로 들어왔는지도 모르는 사람과 함께 있는데? 나도 그걸 이해할 수 없다. 하지만 그 청년은 여기에 와서 하찮은 젊은 아가씨가 아닌 중요하고 지체 높은 부인에게 하듯 내게 말했다. 사실 나는 보잘것없는 처녀이다. 그의 옆에서 나는 부모님이 옆에 있을 때보다, 혹은 안식일에 성전에 있을 때보다 더 보호받고 있다고 느꼈다.

그는 말할 수 없이 멋지고 아름다웠다! 이런 말을 해서는 안 되지만, 분명한 것은 그토록 상냥하고 정다우며 완벽한 외모에 감미로운 목소리를 지닌 사람을 한 번도 본 적이 없다는 것이다. 나는 그의 모습을 간신히 볼 수 있었다. 내 눈이 그의 곱고 우아한 뺨, 깨끗한 이마나 인자함과 지혜로 가득한 커다란 두 눈에 달린 긴 속눈썹에 머물 때마다 나는 내 얼굴에 따스한 새벽 기운을 느꼈다. 이런 기운이 전신으로 퍼지는 느낌, 이것이 바로 여자들이 사랑에 빠질 때 드는 느낌일까? 밖에서 오는 게 아니라 육체 안에서, 심장 밑바닥에서 올라오는 그런 온기일까? 난 마을의 여자 친구들이 이것에 대해 종종 말한다는 걸 알고 있다. 하지만 내가 가까이 다가가면 그들은 입을 다물어버린다. 그들은 내가 소심하고 수줍다는 것을, 가령 사랑 같은 몇몇 특정한 주제가 나오면 내가 너무나 당황하여 얼굴이 새빨개지고 말을 더듬기 시작한다는 것을 알고 있기 때문이다. 그런 것이 나쁜 걸까? 에스테르는 내가 소심하고 수줍어 사랑이 무엇인지 결코 알지 못할 거라고 말한다. 그리고 데보라는 항상 내게 용기를 주려고 노력하면서 이렇게 말한다. "보다 과감해져야 해. 그렇지 않으면 네 인생은 슬퍼지고 말 거야."

하지만 장밋빛 청년은 내가 선택된 여인이며, 그들은 모든 여인들 중에서 나를 선택했다고 말했다. 그는 누구일까? 왜 나를 선택한 것일까? 무엇 때문에 그렇게 한 것일까? 내가 무엇을 잘했고 무엇을 잘못했기에 그가 나를 선택한 것일까? 나는 내가 형편없는 여자라는 사실을 잘 알고 있다. 마을에는 나보다 훨씬 예쁘고 열심히 일하며, 훨씬 힘세고 똑똑하고 용기 있는 여자들이 있다. 그런데 왜 하필 내가 선택된 것일까? 가장 말이 없고 가장 겁이 많아서일까? 아니면 내가 인내심이 많기 때문일까? 모든 사람들과 잘 지내기 때문일까? 내가 애정을 가지고 산양의 젖을 짜고, 집 안을 청소하거나 과수원에 물을 주고 부모님의 음식을 준비하는 것 같은 일상적이고 단순한 일을 하면서 행복을 느끼기 때문일까? 나는 내가 그런 것 이상의 가치와 장점을 갖고 있지 않다고 생각한다. 그런 것들이 장점이자 미덕이지 결점은 아니라고 한다면 말이다. 데보라는 언젠가 내게 말했다. "마리아, 넌 야심이 부족해." 그 말이 맞을지도 모른다. 그렇게 태어났는데 어쩌란 말인가? 나는 사는 것 자체가 좋고, 세상은 그 자체만으로도 아름답다고 생각한다. 그래서 사람들은 내가 단순하고 소박하다고 말하는 것인지도 모른다. 의심할 여지 없이 나는 그렇다. 그건 내가 항상 골치 아픈 일을 피했기 때문이다. 그러나 나도 어느 정도 열렬한 소망은 가지고 있다. 가령 나는 내 산양이 결코 죽지 않기를 바란다. 산양이 내 손을 핥을 때면, 나는 언젠가 그 산양이 죽을 것이고, 그러면 내 가슴은 고통스러울 것이라고 생각한다. 죽는다는 건 좋은 일이 아니다. 또한 나는 아무도 고통받지 않기를 바란다.

청년은 황당한 이야기를 내게 들려주었지만, 그 이야기가 너무나 달콤하고 솔직한 나머지 웃을 수도 없었다. 그는 그들이 나와 내 배 속에 있는 아들에게 축복을 내릴 것이라고 말했다. 그게 바로 그가 말한 내용이다. 혹시 그는 마법사가 아닐까? 무언가를 위해 혹은 누군가를 편들기 위해 혹은 저주하기 위해, 그는 그런 말로 주문을 거는 것이 아닐까? 나는 그에게 그런 질문을 어떻게 해야 할지 몰랐다. 그의 말에 대해서 내가 할 수 있던 것이라고는 부모님이 나를 가르치거나 꾸짖을 때처럼 떠듬거리며 대답하는 것뿐이었다. "알았어요. 내가 해야 할 일을 할게요." 그러고서 나는 깜짝 놀라 내 배를 손으로 가렸다. '내 뱃속에 있는 아들'이라는 말은 내가 아이를 갖게 된다는 의미일까? 그렇게만 된다면 나는 정말로 행복할 것이다. 제발 나를 만나러 왔던 청년처럼 달콤하고 상냥하고 신비스러운 남자아이였으면 좋겠다.

그 방문에 행복해야 할지 아니면 슬퍼해야 할지 모르겠다. 하지만 그 방문을 기점으로 내 인생이 바뀔 것 같은 예감이 든다. 어떻게 바뀔까? 행복하게 바뀔까, 아니면 불행하게 바뀔까? 그 청년의 달콤한 말을 떠올리며 나는 즐거워한다. 그런데 발밑에서 땅이 갈라지고 어서 뛰어내리라고 요구하는 끔찍한 괴물로 가득한 심연을 보듯, 왜 갑자기 두려워지는 것일까?

그는 멋진 것들을 말해주었다. 아주 기분 좋은 것들이었지만 이해할 수는 없었다. 그중에서도 '특별한 운명, 초자연적 운명'이란 것이 특히 그랬다. 그것은 무엇을 지칭하는 것일까? 내 본성은 차라리 평범하고 일반적이다. 관심을 끌거나 적절하지 못한 모든 것, 전통이나 관습을 위반하는 모든 행위나 제스처는 나를 제지하고 당황하게 만든다. 누가 내 앞에서 도를 넘은 행동으로 웃음거리가 되면, 내 얼굴은 확 붉어지고 그를 측은하게 여긴다. 나는 오로지 사람들이 내 존재를 눈치채지 못할 때에만 비로소 편안해한다. "마리아는 너무 겸손하고 신중해서 마치 눈에 보이지 않는 존재 같아"라고 옆집 여자 라헬은 나를 놀린다. 하지만 나는 그런 말을 듣고 싶어한다. 내가 사람들의 눈에 띄지 않을 때 행복하다는 것은 틀림없는 사실이다.

그렇다고 그것이 내게 꿈과 감정이 없다는 걸 의미하지는 않는다. 그건 단지 내가 특별한 것에 그다지 매력을 느끼지 못한다는 말이다. 내 친구들의 말을 들을 때면 나는 소스라치게 놀라 입을 다물지 못한다. 그들은 여행을 하고 수많은 하인을 거느리고 왕과 결혼하기를 원한다. 하지만 나는 그런 환상을 품을 때 두려움을 느낀다. 다른 땅에서, 내가 알던 사람들과는 다른 사람들 사이에서 전혀 다른 언어를 들으며 내가 무엇을 할 수 있을까? 모르는 사람 앞에서 말을 할 때면, 나는 목소리가 나오지 않고 손이 벌벌 떨린다. 그러니 왕비가 된다 한들 얼마나 가련한 신세이겠는가! 내가 바라는 것은 정직한 남편과 건강한 아이들과 함께 배고프거나 두려움 없이 편안하게 사는 것이다. 그런데 그 청년이 말한 '특별하고 초자연적인 운명'은 무엇을 의미하는 것일까? 나는 수줍어서 미처 대답을 제대로 하지 못했다. 나는 이렇게 대답했어야 했다. "나는 그런 운명을 받아들일 준비가 되어 있지 않아요. 나는 당신이 말하는 그런 여자가 아니에요. 그러니 차라리 아름다운 데보라의 집으로 가거나 단호하고 결연한 유디트의 집으로 가거나, 아니면 똑똑한 라헬의 집으로 가세요. 어떻게 당신은 내가 사람들의 여왕이 될 거라고 미리 알려줄 수 있는 거죠? 어떻게 감히 세상 모든 사람들이 모든 언어로 내게 기도할 것이고, 내 이름이 마치 하늘의 별처럼 수세기를 가로지를 것이라는 말을 하는 거죠? 아마도 당신은 사람도, 집도 잘못 찾아온 것 같아요. 그토록 위대한 일을 하기엔 나는 턱없이 부족한 여자예요. 나는 있어도 그만 없어도 그만인 그런 존재에 불과해요."

떠나기 전에 청년은 허리를 굽혀 내 튜닉 끝자락에 키스했다. 잠시 나는 그의 등을 보았다. 마치 나비의 날개가 등에 달린 것처럼 무지개가 아로새겨져 있었다.

이제 그는 떠났고, 내 머리는 의심과 의문으로 가득 차 있다. 나는 아직 미혼의 처녀인데, 왜 그는 나를 결혼한 부인처럼 대했을까? 왜 나를 여왕이라고 불렀던 것일까? 그가 내게 고통받을 것이라고 예언했을 때 왜 그의 눈에서 눈물이 반짝였던 것일까? 나는 아직 처녀인데, 왜 그는 나를 어머니라 불렀을까? 도대체 무슨 일이 벌어지고 있는 것일까? 이 방문 후에 과연 나는 어떻게 되는 것일까?

에 . 필 . 로 . 그

"넌 어떻게 양심의 가책을 한 번도 느끼지 않니, 폰치토?" 갑자기 후스티니아나가 물었다. 그녀는 아이가 마구 벗어 마치 농구공을 패스하듯 그녀에게 던진 옷가지들을 집어 갠 뒤 의자 위에 놓았다.

"양심의 가책?" 수정처럼 투명한 그의 목소리가 소스라치게 놀랐다. "무엇에 대한 양심의 가책을 말하는 거야, 후스티타?"

초록색과 새빨간색의 마름모무늬가 그려진 양말 한 켤레를 줍기 위해 웅크리고 있던 후스티니아나는 화장대 거울을 통해 그의 모습을 훔쳐보았다. 알폰소는 침대 모서리에 걸터앉아 파자마 바지를 입으면서 다리를 오므렸다 폈다 하고 있었다. 후스티니아나는 바짓가랑이 아래로 드러난 알폰소의 핑크빛 뒤꿈치와 가냘프고 하얀 발을 슬쩍 엿보았다. 그리고 발가락 열 개가 운동을 하듯 꼼지락거리는 것을 보았다. 마지막으로 그녀의 눈이 아이의 눈과 마주쳤다. 아이는 즉시 그녀에게 미소를 지었다.

"능청 떨면서 그런 얼굴로 쳐다보지 마, 폰치토." 그녀는 일어나며 말했다. 그리고 잘록한 허리를 주무르며 한숨을 쉬고는, 당황한 표정으로 아이를 뚫어지게 쳐다보았다. 그녀는 다시 한번 자기가 분노에 굴복할지도 모른다고 느꼈다. "난 네 새엄마가 아니야. 그 천사 같은 얼굴로 나를 매수할 수도 없고 속일 수도 없어. 그러니 당장 사실대로 말해. 넌 양심의 가책을 느끼지 않니? 최소한의 가책도 느끼지 않아?"

알폰소는 깔깔대더니 양팔을 활짝 펼치고는 침대에 벌렁 드러누웠다. 그는 다리를 들어 발을 동동 구르면서 상상 속의 농구공을 던지고 받았다. 하도 기운차고 그럴듯한 웃음이라, 후스티니아나는 그 웃음 속에서 비웃음이나 사악한 의도를 전혀 발견하지 못했다. '제기랄!' 그녀는 생각했다. '누가 저 코흘리개를 이해할 수 있겠어?'

"하느님에게 맹세하건대, 정말이지 지금 무슨 소리를 하는지 모르겠어." 아이는 앉으면서 큰 소리로 말했다. 그리고 깍지를 낀 손에 확신을 가지고 키스했다. "지금 나랑 수수께끼 놀이를 하자는 거야, 후스티타?"

"감기에 걸릴 수 있으니, 지금 당장 침대로 들어가. 너를 보살 펴주고 싶은 마음은 털끝만큼도 없으니까."

알폰소는 즉시 그녀의 지시를 따랐다. 벌떡 일어나 이불을 들 더니 그 속으로 재빨리 들어가 등 뒤에 베개를 받쳤다. 그러고는 마치 상이라도 받을 것처럼, 애교를 떨고 응석 부리는 시선으로 후스티니아나를 바라보았다. 머리카락은 이마를 덮고 있었고, 커다랗고 파란 눈은 어둑어둑한 방 안에서 반짝였다. 머리맡의 스탠드 불빛이 그의 뺨 너머로 번지지 못한 채 머물러 있었던 것 이다. 입술은 보이지 않았지만 그의 입은 약간 벌어져 있었는데, 방금 양치질한 반짝이는 하얀 치열이 드러나 있었다.

"난 지금 루크레시아 부인에 관해 말하고 있는 거야, 이 못된 녀석. 너도 내가 무슨 말을 하고 있는지 잘 알잖아. 그러니 모른 척하지 마." 그녀가 말했다. "그런 일을 하고도 미안하지 않니?"

"아, 새엄마에 관한 거." 아이는 그 주제가 너무 빤하고 지겹 다는 듯 실망스러운 빛을 내보이며 외쳤다. 소년은 어깨를 으쓱 이더니 전혀 머뭇거리지 않고 덧붙였다. "왜 내가 미안해야 하 지? 새엄마가 우리 엄마였다면 그럴 수도 있어. 하지만 새엄마 는 우리 엄마가 아니잖아?"

알폰소가 새엄마에 관해 말할 때, 그의 말투나 표정에는 그 어 떤 적의나 분노도 없었다. 하지만 그런 태연함이 바로 후스티니아나를 화나게 만들었다.

"너 때문에 네 아빠가 새엄마를 헌신짝처럼 버렸어." 그녀는 슬픔에 잠긴 목소리로 느릿느릿 중얼거렸다. 그녀는 아이를 향해 고개를 돌리지도 않았다. 그녀의 눈은 반짝이는 마룻바닥만을 응시하고 있었다. "먼저 넌 새엄마에게 거짓말을 했고, 그다음에 아빠를 속였어. 두 사람은 너무나 행복하게 잘 지냈는데, 넌 그들을 헤어지게 만들었어. 너 때문에 아마 새엄마는 지금쯤 세상에서 가장 불행한 여자가 되었을 거야. 그리고 리고베르토 씨도 네 새엄마와 헤어진 다음부터 괴로워 방황하는 영혼처럼 보여. 헤어진 지 며칠 되지도 않았는데, 네 아빠가 얼마나 늙었는지 모르겠니? 그런 아빠의 모습을 보고도 양심의 가책을 느끼지 않아? 네 아빠는 신심이 독실한 체하는 위선자이자 얌전한 체하는 사람이 되었어. 전에는 그런 모습을 한 번도 보지 못했어. 남자들은 자기가 죽을 거라고 느낄 때에나 그렇게 되는 거야. 이 모든 게 바로 너 때문이라고, 이 악마 같은 녀석아!"

그녀는 흠칫 놀라 아이를 향해 몸을 돌렸다. 신중하지 않게 너무 말을 많이 했다고 생각한 것이다. 그 일이 있은 후, 이제 그녀는 더이상 집 안의 그 누구도, 그 무엇도 믿지 않았다. 폰치토의 머리가 그녀를 향해 다가왔고, 협탁 위 스탠드의 황금색 불빛이 마치 왕관처럼 그의 머리를 에워쌌다. 그는 많이 놀란 것 같

226

았다.

"난 아무 짓도 하지 않았어, 후스티타." 아이는 눈을 깜빡거리며 말을 더듬었고, 그녀는 아이의 목젖이 마치 초조해서 안절부절못하는 동물처럼 마구 오르내리면서 동요하는 걸 보았다. "난 누구에게도 거짓말을 하지 않았어. 특히 아빠에게는 절대로."

후스티니아나는 자기 얼굴이 시뻘겋게 달아오르고 있음을 느꼈다.

"넌 모든 사람을 속였단 말이야, 폰치토!" 그녀가 목소리를 높였다 즉시 손으로 입을 막았다. 그 순간 위층 세면대에서 물이 흐르는 소리를 들었기 때문이었다. 리고베르토 씨는 야간 세정식을 시작한 상태였다. 루크레시아 부인이 떠난 이후 그 의식은 훨씬 간결해졌다. 이제 그는 항상 일찍 잠자리에 들었고, 그의 입에서는 더이상 몸단장을 하면서 흥얼거리는 사르수엘라가 흘러나오지 않았다. 후스티니아나는 다시 말하기 시작했다. 하지만 아주 조그만 소리로 말했다. 그녀는 검지로 아이를 가리키며 꾸짖었다. "물론 넌 내게도 거짓말을 했어. 루크레시아 부인이 널 사랑하지 않는다는 이유로 넌 스스로 목숨을 끊겠다고 했어. 내가 그 말을 곧이곧대로 믿었다는 걸 기억해봐."

그러자 처음으로 아이의 얼굴에서 분노의 징후가 엿보였다.

"그건 거짓말이 아니었어." 그는 그녀의 한쪽 팔을 잡고 마구 흔들어대며 말했다. "그건 사실이었어. 정말로 그렇게 하려고 했어. 새엄마가 나를 계속 그렇게 대했다면, 나는 죽어버렸을 거야. 맹세해, 정말 그랬을 거라구, 후스티타!"

후스티니아나는 팔을 확 흔들어 아이의 손에서 빼내고서 침대 곁에서 물러났다.

"엉터리 맹세 따위는 하지 마. 그러면 하느님이 벌을 내릴 거야." 그녀가 작은 소리로 말했다.

그러면서 그녀는 창가로 갔고, 커튼을 치면서 하늘의 이곳저곳에서 빛나고 있는 별들을 보았다. 그녀는 놀라서 잠시 그 별들을 쳐다보았다. 평소의 밤안개 대신 반짝이는 별들이 보이다니 참으로 이상한 일이었다. 그녀가 뒤로 돌았을 때, 아이는 이미 등 뒤에 베개를 편안하게 받친 채 협탁에 놓인 책을 집어들고 읽으려 하고 있었다. 아이는 다시 차분하고 행복한 표정을 짓고 있었다. 자기 양심과 세상 사람들에게 하나도 거리낄 게 없다는 표정이었다.

"그럼 한 가지만 말해줘, 폰치토."

위층 세면대에서는 물줄기가 끊이지 않은 채 계속 단조로운 소리를 내며 흐르고 있었다. 지붕에서는 고양이 두 마리가 울부짖고 있었다. 서로 싸우거나 아니면 사랑을 나누는 것 같았다.

"뭘, 후스티타?"

"처음부터 모든 걸 계획했던 거지? 새엄마를 사랑하는 것처럼 연극을 하고, 새엄마가 목욕할 때 몰래 훔쳐보기 위해 지붕 위로 올라가고, 스스로 목숨을 끊겠다고 위협하는 편지를 쓴 것 모두 계획적이었어. 모두 네가 꾸민 짓이지? 그녀가 널 사랑하도록 만들고, 그런 다음 새엄마가 너를 타락시키고 있다고 아버지에게 고자질하기 위해서 그랬던 거지?"

아이는 읽던 페이지에 연필을 꽂아 표시한 다음, 책을 협탁에 올려놓았다. 아이의 천진난만한 얼굴이 화난 표정으로 바뀌었다.

"난 새엄마가 나를 타락시키고 있다고 말한 적 없어, 후스티타!" 그는 호들갑을 떨며 소리치고는, 한 손을 허공에 마구 휘저었다. "그건 네가 마음대로 지어낸 이야기야. 날 함정에 빠뜨리려 하지 마. 새엄마가 나를 타락시키고 있다고 말한 사람은 아빠였어. 난 작문 숙제를 하면서 단지 우리가 무엇을 했는지 들려주었을 뿐이야. 그러니까 사실 그대로를 쓴 거라고. 난 어떤 것도 속이지 않았어. 아빠가 새엄마를 버린 게 내 잘못은 아니야. 아빠가 말한 게 사실이었을지도 몰라. 새엄마가 나를 타락시키고 있었을지도 모르지. 아빠가 그렇게 말했다면, 그게 사실일 거야. 그런데 왜 그 문제에 그렇게 관심을 보이는 거지? 이 집에 남아 있는 대신, 새엄마와 함께 떠나고 싶었던 거야?"

후스티니아나는 책장에 등을 기댔다. 그곳에 알폰소는 모험 소설, 학교 교기, 상장 그리고 교실에서 찍은 사진을 보관하고 있었다. 그녀는 눈을 살며시 감고 생각했다. '난 이곳을 떠났어야 했어. 그건 사실이야.' 루크레시아 부인이 떠난 후, 그녀는 이 집에는 일종의 위험이 도사리고 있어 항상 불안한 상태로 살아가게 될 거라고 예감했다. 한순간이라도 방심하면 자기 역시 함정에 빠질 것이며, 그러면 루크레시아 부인보다도 더 형편없는 상태로 이곳을 떠나게 되리라는 생각을 한시도 지울 수 없었다. 그런 식으로 아이와 맞서는 것은 신중하지 못한 행동이었다. 그녀는 다시는 그러지 않겠다고 다짐했다. 나이로 보면 폰치토는 어린아이였지만, 실제로는 그렇지 않았다. 그녀가 알고 있는 어떤 어른보다 더 뒤틀리고 사악하며 교활한 사람이었다. 설사 그렇다 하더라도, 그 상냥하고 인형 같은 얼굴을 보면 누구도 그렇게 생각하지 않을 게 뻔했다.

"나한테 화났어?" 그녀는 아이가 슬픈 말투로 말하는 걸 들었다.

더이상 자극하지 않는 게 좋았다. 아이와 사이좋게 지내는 편이 나았다.

"아니야, 그렇지 않아." 그녀는 문 쪽으로 가면서 대답했다. "내일 학교 가야 하니까 너무 오랫동안 읽지는 마. 그럼 잘 자."

"후스티타."

그녀는 뒤로 돌아 아이를 쳐다보았다. 이미 그녀의 한 손은 손잡이를 잡고 있었다.

"왜 그래?"

"제발 부탁이니, 나한테 화내지 마." 알폰소는 긴 속눈썹이 달린 눈을 깜박거리면서 그녀를 쳐다보며 눈빛으로 애원했다. 그는 작은 입을 오므려 샐쭉거리고 뺨의 보조개를 실룩거리며 부탁했다. "난 널 몹시 좋아해. 하지만 넌 날 싫어해. 그렇지, 후스티타?"

그는 눈물을 쏟기라도 할 것처럼 말했다.

"난 널 싫어하지 않아, 이 바보야. 내가 널 어떻게 싫어하겠니?"

위층에서는 물이 한결같은 소리를 내며 계속 흐르고 있었다. 짧게 복받치는 소리가 날 때만 끊어질 뿐이었다. 간간이 리고베르토 씨가 욕실을 왔다 갔다 하는 소리도 들렸다.

"날 싫어하지 않는 게 사실이라면, 하다못해 잘 자라는 키스라도 해줘. 예전처럼 말이야. 벌써 잊었어?"

그녀는 잠시 머뭇거렸지만, 이내 고개를 끄덕였다. 그리고 침대로 다가가 몸을 숙이고는 아이의 머리카락에 재빨리 키스했다. 그러나 아이는 팔로 그녀의 목을 안고는 꼭 붙잡았다. 그러고는 후스티니아나가 마음에도 없는 미소를 지을 때까지 만지작거리면서 장난쳤다. 아이가 혓바닥을 내밀고, 눈동자를 이리저리 굴리면서 머리를 앞뒤로 움직이고 어깨를 올렸다 내렸다 하는 모습을 보자, 그녀는 아이가 잔인하고 차가운 마음을 가진 악마가 아니라 겉으로 보이는 것처럼 사랑스러운 아이라는 생각이 들었다.

"이제 그만해. 어리광 그만 부리고 어서 자, 폰치토."

그녀는 다시 아이의 이마에 키스를 하고서 한숨을 내쉬었다. 그 문제에 관해 다시는 아이와 말하지 않겠다고 굳게 다짐한 지 불과 몇 분도 지나지 않았지만, 그녀는 자기 코를 스치는 금발을 바라보며 무심결에 불쑥 내뱉고 말았다.

"엘로이사 부인 때문에 그 모든 일을 한 거지? 왜 누구도 네 엄마 자리를 차지하지 못하게 하는 거야? 왜 루크레시아 부인이 이 집에서 네 엄마 자리를 차지하는 걸 참지 못했던 거니?"

그녀는 아이가 긴장했다는 걸 알아챘다. 하지만 아이는 무슨 대답을 해야 할지 깊이 생각하는 듯 아무 말 없이 그대로 있었다. 잠시 후 아이는 후스티니아나의 목을 휘감고 있던 조그만 팔에 힘을 주어 그녀를 잡아당겼다. 그러고는 얇은 입술이 그녀의 귓가에 닿도록 그녀의 머리를 숙이게 했다. 하지만 아이는 그녀가 기다리던 비밀을 속삭이는 대신에, 귓불을 깨물고 목 주위를 키스하면서 그녀의 온몸을 흥분에 사로잡히게 했다.

"너를 위해 그런 거야, 후스티타." 아이가 부드럽고 다정하게 속삭이는 소리가 들렸다. "우리 엄마를 위해서 그런 게 아니야. 새엄마가 이 집을 떠나도록, 그래서 아빠와 나와 너만이 이 집에 남아 있게 하기 위해 그렇게 한 거야. 이건 내가 널……"

후스티니아나는 갑자기 아이의 입이 그녀의 입에 밀착되는 걸 느꼈다.

"맙소사, 하느님 맙소사." 그녀는 급히 아이를 밀치고 뿌리치면서 아이의 팔에서 빠져나왔다. 그리고 손으로 입을 닦고 성호를 그으면서 성큼성큼 걸어 방에서 나왔다. 시원한 공기를 들이마시지 않으면, 분노를 이기지 못해 심장이 폭발할 것만 같았다. "맙소사, 맙소사."

방에서 나와 복도에 서자, 그녀는 폰치토가 다시 웃음을 터뜨리는 소리를 들었다. 빈정대는 웃음도 아니었고, 그녀의 빨개진 뺨과 솟구쳐 흐르는 분노를 놀리는 웃음도 아니었다. 마치 더할 나위 없이 즐거운 장난을 하는 것처럼 진정한 기쁨으로 가득한 웃음이었다. 생기 있고 또렷하며 건강하고 어린애 같은 그의 미소는 세면대의 물소리를 지워버리고, 마치 온 밤을 가득 채우고 있는, 리마의 충충한 하늘에 모습을 드러낸 별들을 향해 솟아오를 것 같았다.

〔1〕 야코프 요르단스, 〈심복 기게스에게 아내를 보여주는 리디아의 왕 칸다울레스〉(1648), 캔버스에 유화, 스톡홀름 국립박물관.

〔2〕 프랑수아 부셰, 〈목욕 후의 디아나〉(1742), 캔버스에 유화, 파리 루브르 박물관.

〔3〕 티치아노 베첼리오, 〈아모르와 오르간 연주자와 함께 있는 베누스〉(1548), 캔버스에 유화, 마드리드 프라도 박물관.

〔4〕 프랜시스 베이컨, 〈머리 I〉(1948), 하드보드에 유화와 템페라, 뉴욕 리처드 S. 자이슬러 소장품.

〔5〕 페르난도 데 시슬로, 〈멘디에타로 가는 길 10〉(1977), 캔버스에 아크릴, 개인 소장품.

〔6〕 프라 안젤리코, 〈수태고지〉(1437년경), 프레스코, 피렌체의 산마르코 수도원.

경계 파괴를 통한
포스트모던 에로티시즘 소설의 새로운 지평

줄리언 반스의 『플로베르의 앵무새』에서 화자 제프리 브레이스웨이트는, 플로베르가 『마담 보바리』를 출간한 후 외설적인 작품을 썼다는 이유로 기소된 것은 작가가 인간의 삶과 현대 프랑스 사회의 질병에 관한 진실을 말하고 있기 때문이라고 밝힌다. 다시 말해 그것은 권력에 대한 도전이었다는 것이다. 이 도전은 「문학은 불꽃」이라는 연설문을 발표했던 젊은 시절의 바르가스 요사를 떠올리게 한다. 바르가스 요사가 『영원한 향연』에서 플로베르를 옹호한 것은 그리 놀라운 일이 아니다. 그는 『마담 보바리』가 계속해서 섹스에 대해 강조한다는 것을 의식하면서, "성(性)은 이 소설의 중심 소재이다. 그것은 바로 그 소재가 인생의 중심이기 때문이며, 플로베르는 현실을 모방하려고 하는 것일 뿐이다"라고 지적한다.

바르가스 요사의 성에 대한 이런 생각은 『새엄마 찬양』에서도 잘 드러난다. 그러나 그는 이렇게 지적한다. "단지 성만을 다루는 작품은 그다지 매력이 없다. 그런 작품은 활력이 없기 때문이다. 인생은 단지 성만으로 이루어진 것이 아니다. 그런데도 인생을 오로지 성으로만 다루는 작품은 너무 인위적이다." 바르가스 요사는 그런 작품은 너무 단조롭고 예측 가능한 틀 속에서 전개되는 한계를 지니고 있음을 간파하면서, 최고의 에로티시즘은 성이 다양하고 복잡한 세계 속의 원료가 되는 작품 속에서 구현된다고 밝힌다. 다시 말해 에로티시즘은 쾌락이나 섹스를 숨기지 않은 채 성행위를 장식하여 예술적 차원을 덧붙이는 작업과 함께 이루어져야 한다는 것이다.

바르가스 요사의 이런 생각은 에로티시즘의 발전과 밀접한 관련을 맺고 있다. 18세기에는 쾌락의 권리를 인정하는 것이 보다 낫고 보다 진정하며 보다 자유로운 세상을 얻게 만드는 도구였고, 교회나 인습에서 개인을 해방시키는 방편이었다. 19세기에 이르러 에로티시즘은 아주 세련된 유희로 변했지만, 20세기에는 식상하고 피상적인 것으로 변질되었으며, 상업화되고 기계적으로 반복되는 구성을 따르게 되었다. 에로티시즘은 더이상 형식적 실험을 하지 않았고 사회 비판이나 기존 도덕에 대한 도전적 어조도 잃어버렸다. 그렇다면 과연 현대의 작가는 어떤 에로티시즘 작품을 써야 예술적 차원을 획득할 수 있을까?

바로 이 지점에서 『새엄마 찬양』은 문학적 의미를 획득한다. 일반적인 에로티시즘 문학이 음침하고 잔인하며 폭력적인 분위기를 띠는 것과 달리, 이 작품은 밝고 우아하며 심지어 아름답게 느껴진다. 또한 문자예술과 시각예술의 경계를 파괴하면서, 성은 예술적 차원을 획득한다. 바르가스 요사는 이 작품에 관해 이렇게 평한다. "『새엄마 찬양』은 그림에서 느껴지는 에로틱한 이미지를 언급하는 유희적 글쓰기이다. 나는 이 소설을 쓰면서 아주 흥미로운 경험을 했다. 기존 작품에서는 내가 말하고자 하는 것을 그대로 드러내는 기능적 역할을 위한 언어를 사용했지만, 이 작품에서는 아주 풍요롭고 암시적이며, 이전 작품에서 결코 사용하지 않았던 언어를 사용할 수 있었다."

그렇다면 바르가스 요사는 어떤 언어를 사용하는 것일까? 여기서의 언어는 '단어 선택'의 의미가 아니라, 구조적 차원과 기존의 그림을 새로운 방식으로 해석한 관점에서 다루어져야 한다. 모두 열네 장과 에필로그로 이루어진 『새엄마 찬양』은 세 사람과 하녀 한 사람으로 이루어진 페루 리마의 부르주아 가정을 중심으로 전개된다. 이 작품은 새엄마인 루크레시아의 생일에 시작한다. 독자는 곧 루크레시아가 알폰소라는 사춘기 아들을 데리고 있는 리고베르토와 결혼했다는 사실을 알게 된다. 이 소설은 루크레시아가 그녀 자신, 리고베르토 그리고 알폰소와의 삼각관계를 서술하는 것을 중심 내용으로 한다.

이 작품의 중심 이야기는 이렇지만, 얼핏 보면 각 장은 다른 장들과 직접적인 관계를 맺고 있지 않은 것처럼 보인다. 이런 현상은 가령 중심인물에 관해 말하고 있는 1장에서 전혀 다른 인물들이 등장하는 2장으로 건너갈 때 나타난다. 요약하자면, 열네 개의 장 중 여섯 개의 장이 그림과 관련된 이야기이고, 나머지 장만이 중심 이야기를 구성하는 인물과 행위를 서술한다. 즉이 작품에는 세 개의 서술 층위가 존재한다. 하나는 이 소설의 중심 이야기이고, 또 하나는 그림이며, 나머지 하나는 그림과 관련된 이야기이다. 여기서 지적할 것은, 작품 속에 등장하는 여섯 개의 그림 가운데 시슬로의 그림을 제외하면 작중 인물들이 직접 바라보는 그림은 없다는 사실이다.

그렇다면 그림과 소설의 관계는 어떻게 이루어질까? 2장 '리디아의 왕 칸다울레스'는 그림과 삽입된 이야기, 그리고 중심 이야기의 상호작용을 잘 보여준다. 2장이 시작되기 전, 방에 있는 한 여자의 그림이 나온다. 이 그림은 야코프 요르단스의 〈심복 기게스에게 아내를 보여주는 리디아의 왕 카다울레스〉이다. 그림 속에서 여자는 벌거벗은 채 독자에게 자신의 엉덩이를 보여준다. 그녀는 머리를 약간 뒤로 돌려 자기를 쳐다보는 독자를 바라본다. 요르단의 왕 칸다울레스와 그의 개인 경호원이자 대신인 기게스는 오른쪽 상단 구석에 위치하며 커튼에 가려져 있다. 그들 역시 왕비를 쳐다보고 있다.

이 그림은 기원전 5세기경 그리스 역사가 헤로도토스가 서술한 전설에 바탕을 두고 있다. 전설에 의하면 칸다울레스 왕의 신하인 기게스는 왕비인 루크레시아가 왕이 말하는 것처럼 아름답다고 인정하지 않는다. 칸다울레스는 자신이 옳다는 것을 증명하기 위해 기게스에게 왕비의 침실 문 뒤에 숨어서 왕비가 옷 벗는 장면을 지켜보라고 제안한다. 기게스는 거부하다가 결국 왕의 제안을 따른다. 어느 밤 왕은 기게스를 활짝 열린 침실 문 뒤에 숨겨놓고 방 안을 몰래 엿보도록 한다. 이 계획은 성공하지만, 왕비는 자기 남편이 무슨 일을 했는지 감지하고 자기에게 커다란 치욕을 맛보게 한 그를 응징하기로 결심한다. 다음 날 그녀는 기게스에게 칸다울레스를 죽인 다음 자기를 아내로 취하고 리디아의 왕이 되라고 제안한다. 그러지 않으면 가차 없이 그 자리에서 죽게 될 것이라고 위협한다. 기게스는 목숨을 선택하고, 잠자고 있던 칸다울레스 왕을 죽인다.

그림 뒤에 이어진 이야기에는 전설과 비슷한 내용이 전개된다. 이 이야기에서 칸다울레스는 자기 왕국에서 가장 자랑스러운 것은 바로 루크레시아의 궁둥이라고 말한다. 그리고 왕비의 궁둥이가 아름답다는 자신의 주장을 확인하기 위해, 왕은 기게스에게 하녀들이 루크레시아의 옷을 벗길 때 주변에 숨어 있도록 한다. 그 장면을 엿본 후 기게스는 왕에게 그의 말이 옳다는 것을 인정한다. 이렇듯 그림의 이야기와 삽입된 이야기는 동일한 내용, 즉 왕비가 왕국에서 가장 아름다운 궁둥이를 지니고 있다는 것을 언급한다. 주제적 측면에서도 이 둘은 루크레시아의 성적 매력에 초점을 맞추어 서로 연결된다.

한편 중심 이야기에서도 독자는 전설과 흡사한 또다른 이야기를 읽고 있음을 깨닫게 된다. 작중인물들의 이름은 다르지만, 전설과 유사성이 많기 때문이다. 리고베르토 씨는 루크레시아의 육체와 성적인 매력에 초점을 맞춘다. 그녀는 최근에 마흔 살이 되었지만, 그는 그녀가 그 어느 때보다 아름답다고 말한다. 그리고 그녀를 왕비라고 상상할 때면 금세 성적으로 흥분한다. 이렇게 전설 속의 왕과 그림과 연관된 이야기의 왕, 그리고 중심 이야기 속 리고베르토 씨는 밀접한 관계를 갖는다. 그들은 모두 자기 아내의 육체에 집착한다. 그리고 각각 아내의 육체를 다른 사람과 공유한다. 실제 전설과 그림과 연관된 이야기에서 왕은 기게스와 왕비의 몸을 함께 나누며, 리고베르토는 아들 알폰소와 루크레시아의 육체를 공유한다.

이런 유사성 이외에 차이점도 존재한다. 헤로도토스가 들려주는 전설에서 기게스는 왕을 죽이고 왕권을 차지한다. 하지만 그림과 연관된 이야기에서는 이런 살인이 일어나지 않고, 오히려 기게스와 왕은 계속해서 친구로 남는다. 왕은 왕비의 궁둥이가 아름답다는 비밀을 절대적으로 지키라고 명하지만, 기게스는 이를 어긴다. 이후 왕비의 궁둥이에 대한 이야기가 너무 많이 떠돌고, 너무 많이 사람들의 입에 회자된다. 처음에 그런 소문이 돈다는 것을 듣고 왕과 왕비는 분노하지만, 그후 그들은 그런 이야기를 들으며 즐거워한다. 다시 말해 전설에서는 살인을 야기한 것이 이제는 농담이 되고, 복수라는 주제는 우정과 유머로 변하게 된다. 바르가스 요사는 비극적인 전설과 그에 담긴 도덕적 의미를 자신의 작품에서 그대로 구현하는 것이 아니라, 이런 구조적 변형을 통해 성행위에 예술성을 덧붙인다.

이렇게 그림, 그 그림과 연관된 이야기, 그리고 리고베르토 가족의 이야기는 병치되면서 서로 연결된다. 그러면서 문학과 미술의 전통적 장르 경계를 파괴하는 포스트모더니즘 경향을 띤다. 이 작품은 티치아노 베첼리오와 프라 안젤리코 같은 르네상스 화가부터 프랑수아 부셰, 포스트모던 화가인 프랜시스 베이컨과 페르난도 데 시슬로에 이르기까지 서양 전통 속에서 존경받는 화가들의 그림을 재생한다. 이 그림들은 에로틱한 동시에 사춘기 소년과 새엄마 사이의 근친상간 관계를 포함하는 중심 이야기와 밀접하게 결부된다.

이런 경계뿐만 아니라, 성에 대한 집착과 육체적인 것의 거부라는 상반된 개념은 대립되고 충돌하는 것이 아니라, 함께 어우러질 수 있는 요인이라는 것을 보여주면서 경계를 무너뜨린다. 육체성과 영혼성의 경계 파괴는 천사와 같은 순진한 모습의 알폰소에게서 집중적으로 나타나고, 후에는 리고베르토 씨가 루크레시아와 알폰소의 근친상간을 알고 루크레시아를 집에서 내쫓은 후 독실한 신자처럼 엄격한 삶을 사는 것에서 나타난다. 삽입된 이야기에서 이런 암시는 대천사 가브리엘이 마리아에게 수태고지를 하는 장면에서 절정에 이른다. 이 이야기는 '원죄 없는 잉태'라는 기독교의 영혼성과 나머지 텍스트를 관통하는 성적 매혹에 대한 요소를 결합시킨다. 이것은 섹스는 포르노든 고상한 문화든, 심지어 종교든 세상의 모든 인간적 삶에서 중심 요소를 차지하고 있다고 주장하는 바르가스 요사의 생각이 작품 속에 투영된 것이라고 볼 수 있다.

포스트모더니즘 소설의 특징인 경계 허물기는 이 소설을 지배하는 또다른 요인인 관음증을 통해서도 나타난다. 몰래 엿보는 장면은 앞서 언급한 기게스에게만 나타나는 것이 아니다. 이 소설을 읽는 독자 역시 리고베르토 씨와 루크레시아 그리고 루크레시아와 알폰소의 성행위 장면을 엿본다는 점에서 관음증 환자가 된다. 다시 말하면 작중인물과 독자의 경계를 허무는 것이다. 작품 속에서의 관음증은 1장의 마지막 부분에서 남편과 아내가 사랑을 나누는 순간, 리고베르토 씨가 자기가 리디아의 왕이라는 환상에 사로잡혀 있다는 사실을 알게 되는 장면에서 드러나고, 그것은 2장에서 보다 가시적으로 나타난다.

관음증은 4장에서 다시 나타난다. 알폰소는 지붕으로 기어 올라가 채광창을 통해 루크레시아 부인이 목욕하는 모습을 훔쳐본다. 하녀 후스티니아나를 통해 알폰소의 관음증적 취향을 안 새엄마는 아이를 차갑게 대한다. 그러나 후에 자신이 목욕하는 모습을 아이가 지켜보고 있다는 사실을 알게 되자, 루크레시아 부인은 아이가 모두 볼 수 있도록 께느른하게 사지를 펼쳐 보여준다. 그날 밤 루크레시아는 리고베르토 씨의 수집품 속에 있는 에칭화에서 영감을 받는 꿈을 꾼다. 그것은 바로 프랑수아 부셰의 〈목욕 후의 디아나〉이다. 이 그림은 디아나(디아나 루크레시아)와 하녀(후스티니아나)가 목욕하는 장면을 보여준다. 그림의 주변부에는 젊은 목동 폰신이 수풀에서 이들을 몰래 훔쳐보고 있다. 이 꿈에서 두 여자는 누가 숨어서 그들을 몰래 지켜보고 있다는 것을 알고 그를 위해 연기한다. 이렇게 부셰의 그림은 루크레시아의 노출 행위와 직접적인 관련을 맺게 된다.

『새엄마 찬양』에 대한 비평계의 반응은 대체로 긍정적이다. 이 소설을 소개하면서 스페인의 비평가 라파엘 콘테는 "겉보기에는 에로틱한 소설이지만 실제로는 짧은 대작"이라고 강조한다. 콘테는 특히 이 작품의 '탈신비적' 힘을 언급한다. 한편 멕시코의 비평가 산드로 코엔은 "에로티시즘 소설 이상의 소설"이라고 평가하면서 이 작품에는 에로티시즘이 지배적이지만, 그것은 "아이의 수준에서든, 어른들의 빈약한 환상의 수준에서든, 위선의 가면을 벗기는 상징이자 도구로 작용한다"라고 평한다. 이런 사회적 의미 외에도 이 소설은 욕망과 소설 창작의 내적 메커니즘을 볼 수 있도록 초대하며, 소설 속에서 에로티시즘이 이런 메커니즘을 보여주는 도구로 작용하고 있다는 것도 보여준다.

송병선

지은이 **마리오 바르가스 요사**

1936년 페루 아레키파에서 태어났다. 1966년 『녹색 집』으로 페루 국가 소설상, 스페인 비평상, 로물로 가예고스 문학상을 수상하면서 세계적 명성을 얻었다. 1994년 스페인어권에서 가장 권위 있는 문학상인 세르반테스상을 받았고, 2010년 노벨문학상을 수상했다. 대표작으로 『켈트의 꿈』『새엄마 찬양』『염소의 축제』『판탈레온과 특별봉사대』『도시와 개들』 등이 있다.

옮긴이 **송병선**

한국외국어대학교 스페인어과를 졸업하고, 콜롬비아의 카로 이 쿠에르보 연구소에서 석사학위를, 하베리아나대학교에서 박사학위를 취득했다. 옮긴 책으로 『이 글을 읽는 사람에게 영원한 저주를』『맘브루』『나쁜 소녀의 짓궂음』『천사의 게임』『거미여인의 키스』『콜레라 시대의 사랑』 등이 있다.

문학동네 세계문학
새엄마 찬양

1판 1쇄 2010년 6월 18일 ┃ 1판 5쇄 2023년 3월 17일

지은이 마리오 바르가스 요사 ┃ 옮긴이 송병선
책임편집 허주미 ┃ 편집 이현자 오영나 ┃ 독자 모니터 조용연
디자인 엄혜리 이원경 ┃ 저작권 박지영 형소진 이영은
마케팅 정민호 김도윤 한민아 이민경 안남영 김수현 왕지경 황승현 김혜원
브랜딩 함유지 함근아 박민재 김희숙 고보미 정승민
제작 강신은 김동욱 임현식 ┃ 제작처 영신사

펴낸곳 (주)문학동네 ┃ 펴낸이 김소영
출판등록 1993년 10월 22일 제2003-000045호
주소 10881 경기도 파주시 회동길 210
전자우편 editor@munhak.com ┃ 대표전화 031) 955-8888 ┃ 팩스 031) 955-8855
문의전화 031) 955-1927(마케팅) 031) 955-1917(편집)
문학동네카페 http://cafe.naver.com/mhdn
인스타그램 @munhakdongne ┃ 트위터 @munhakdongne
북클럽문학동네 http://bookclubmunhak.com

ISBN 978-89-546-0937-1 03870

www.munhak.com